十二大戰

西尾維新
中村光

十二大戰 目錄

第一戰

野豬到第七代也會變成家豬

異能肉◇『想要獲得愛』

本名伊能淑子，四月四日出生。身高一七六公分，體重六十公斤。出生在一個具有三百年歷史的豪門，是家族的下一代繼承人。父親的教育方式嚴厲到幾乎等同於虐待；而母親卻是無比溺愛。雖然在截然不同的父母養育之下長大，可是淑子卻完成常人所不能之事，成功回報了兩人對她的期待。因為過去成長的時候總是得看大人的臉色，使得她長大成人、站穩腳步之後，個性變得比過去更加豪放。特別是父母雙方都嚴格禁止的戀愛方面似乎是徹底大解放。本來有資格參加十二大戰的人是另一個年紀小她五歲的妹妹，可是淑子花了十二年的時間暗殺妹妹，把參戰的資格搶過來。她的武器是雙手各一柄機關槍，分別稱作『愛終』與『命戀』。淑子精通重型槍械，不管任何重型武器都能操縱自如，當中這兩柄機槍更是有如她身體的一部分。現在淑子正在與十二名男性維持正常的交往關係，同時還在招募新的男友。

1

走進一棟聳立在這座鬼城中心的廢棄大樓裡，異能肉心想這棟廢棄大樓還真新呢。也難怪她會這樣想，這棟大樓被人廢棄也只是不久之前的事，而這座城市變成鬼城同樣也是不久之前的事。為了召開這次的十二大戰，真的只是為了這個理由而已，大戰的主辦人特地毀掉一座城市。「一夜之間就能毀掉一座人口五十萬的城市，就連我們家世輝煌的伊能家都沒辦法輕易辦到啊——」。肉一邊這樣考察，一邊優雅地走在大樓當中，踏出的每個步伐都保持優雅曼妙的姿態。雖然『邀請函』上註明的集合時間早就已經過了，但是肉不會因為這種事情加快腳步——她反而相信身分高貴的人士有義務要讓其他人等候。「而且按理來說，『亥』本來就是要最後一個登場——我是繼承上次大會霸者地位的衛冕冠軍，言行舉止可千萬不能丟人現眼。」肉這麼想道，帶著決心與殺意緊握住左右手中擎著的機關槍槍柄。肉從小長大的環境就教導她隨時隨地要讓雙手自由，萬一發生突如其來的狀況好及時應對。可是她又用自己的方式進一步解釋這種教育方針，既然要預防「突發狀況」，那就應該隨時攜帶武器才對。所以她不是為了參加十二大戰才特地像這樣買來兩挺大型機關槍——她平時就隨身帶著『愛終』與『命戀』，而且不違法。要是有人報警的話，報警的人反而會被逮捕。異能肉就是這樣一個具有特殊地位的人。「不過今天聚集在這裡的戰士恐怕沒有一個人會畏懼機關槍吧——該如何是好呢？」肉這個人基本上個性傲慢又高姿態，大致就像外表看起來一樣不討人喜歡又壞心。可是她並不蠢，而且又謹慎小心。她當然不會搭乘電梯，獨自在狹小的電梯裡被關上幾十秒鐘。她一邊沿著一百五十階的樓梯拾級而上，同時腦袋裡轉個不停，研擬戰略。肉固然得成為最後的勝利者，但也絕不能忘記要保持優雅——汗流浹背得到的勝利和失敗沒兩樣。維持優雅的氣度比取勝還更重要。肉一心只想著要如何用上流、高雅的方式殺光待會即將見到的十一名強敵。

「諸位久等了，各位今天過得可好？本小姐就是『亥』。」肉走進最高樓層的大房間內，那個房間應該是設計用來當成觀景室，可以從聳入雲霄的高度俯瞰夜景。「聳入雲霄」這句話聽起來令人心動，不過如果是幾天前的話或許還有得欣賞，如今這座城市已經化為無人鬼城，就算從這裡望下去也只能看到一片漆黑而已——黑暗這種東西根本就不值一看，她還有更重要的事情要顧。一如預料，所有人都已經齊聚在這間房間。這十一名之後將會和肉拚個你死我活的戰士才是她應該關心的對象。在寬廣的房間裡，這十一個彼此保持相同的距離，各自獨據一方的人才是肉應該注意的目標。擺設在室內的桌子上擺滿了一盤盤豪華的料理，看起來就像正在舉辦野外派對一樣。可是沒有一個人取用那些食物，彼此之間好像也沒有交談。現場氣氛沉重至極，一般人光是待在這房間裡可能都會被壓得喘不過氣來。肉舔舔嘴脣，彷彿在享受這股濃郁的沉重氣息，同時心裡想：「還滿多熟面孔的嘛——有『丑』和『未』——『酉』和『戌』——唉呀，雖然是第一次看到，那邊那個人會不會就是『寅』呢？然後是『申』……那個惹人厭的女人當然不會缺席……靠在牆壁睡覺的小孩子倒不認識——嗯？」身為地位高貴之人的義務，肉的臉上掛著淺淺的微笑，心裡把所有人都一一檢視了一遍。忽然她注意有一顆人頭掉在地上。肉冷冷看著鮮紅色的切斷面，看起來像是被某種鋒利的利器砍斷的。然後她若無其事地尋找身軀在哪裡——身軀和頭顱一樣倒在地上，所以一下子就找到了。那具軀體癱躺在地，就像是頭顱被砍下之後當場倒地似的。雖然這群人之後就要展開廝殺，但現場氣氛未免太過沉重，看來原因就是出在這具屍體上。「竟然有這麼愚蠢的戰士，還沒廝殺就先沒了性命。」在肉到達之前，此地好像已經有過一番紛爭——肉默默地把視線移往距離屍首最近的男子身上。那名打扮看來十分怪異的男子側著腦袋，好像現在才發現肉的存在。「不是我，不是我喔。妳沒有證據，可不要隨便亂懷疑別人喔。」

那名男子說著，把手中染血的大刀指向肉。他的動作如行雲流水般自然，彷彿不是有意恫嚇，只是想要用手指著肉，而此時手中恰巧又握著大刀而已。對這個男子來說，用自己的手指指人或是用刀鋒指人都是同一回事——肉把機關槍定義為自身的一部分，對這一點也心有戚戚焉。巧合的是這名男子的另一隻手也拿著同樣大小、同樣設計的利刀，外形就像大柴刀一般，看起來殺氣騰騰——兩柄大刀與兩把機關槍，雖說雙方有此巧合，肉也不覺得和對方有什麼默契。另一把大刀的刀身雖然還很乾淨，但要是再靠近的話，那名男子恐怕也不會介意讓那柄閃爍著詭異刀光的大刀也染上一片鮮紅。『光是一柄刀刃染血，就已經罪證確鑿了吧——』肉不曉得那名男子是在對她挑釁，還是單純只是腦袋有問題而已。

「各位戰士，歡迎蒞臨。」

一道聲音傳來。一名戴著絲帽的老者背對著黑黝黝的夜景，站在房內窗戶旁。沒有人聽到開門聲或是腳步聲，那老者彷彿一開始就在房間裡似的。所有人的視線都轉了過去——不，倚在牆邊睡覺的少年好像還是沒有醒來。『所有人好像都到齊了。那麼請容我宣布第十二屆十二大戰就此開始。Everybody, clap your hands』。老人這麼說道，用力高聲拍手。現場當然沒有一個戰士隨之鼓掌，可是老人不以為意，態度仍然畢恭畢敬，對反應冷淡的『Everybody』說道：「我的名字叫做杜碟凱普，擔任本大戰的評審。請各位多多指教。」老人——杜碟凱普說完之後深深行了一禮。（這名字好像很難念得標準啊。）肉看著老人登場，心底覺得有些無趣。一部分的原因也是因為老人的出現打散了她和雙刀男一觸即發的氣氛，因此大為掃興。「………」而雙刀男似乎也已經忘了肉的存在，以奇異的眼神看向杜碟凱普。有些人看到他的態度，可能會以為他很認真在聽人說話。可是照一般看起來，那雙眼神根本就是在盤算老人到底能殺還是不能殺。（他是那種用能不能殺來判斷敵我的人嗎——沒想到除了我以外還有這種人存在，真是令人大吃一驚。）老人不曉得有沒有察覺雙刀男對自己投射過來的危險視線，說道：「事不宜遲，接下來請容我向各位說明規則。請各位看看後面的桌子。」眾人回頭一看，滿桌的料理不知何時清得一乾二淨，取而代之的是十二顆黝黑的寶石放在桌上。（雖然黑漆漆的，不過真是漂亮。）這些寶石每顆都大小相同、色澤也相同。不過在現在這種情況下，十二這個數目就顯得別有深意了。聽到老人說「每個人請各取一顆」，十二個人一邊互相窺看，一邊各自走向桌邊去拿取寶石。不，不是十二個人。死掉的人自然不用提，另一個還在睡覺的人也沒有動靜。肉心想（要是這個小子繼續睡不醒的話，可能就會被判棄權吧。），豈知其中一名戰士拿了寶石回來的時候把那個少年搖醒。（是『申』——真是多管閒事。）雖然已經很久沒有和她身處在同一戰場上，不過她那愛管閒事的個性好像還是老樣子。肉以前就認為兩人下次見面的時候就會分個你死我活，看來這個念頭不需要改了。（可是……）肉手中一邊把玩那顆就近一看更覺深黑的寶石，視線又往那個雙刀男看過去。（除了那個好像很危險的男人之外，其他戰士看起來都各有能耐，可是竟然沒有人反抗。每個人都依照步驟，聽從那個不知從何而來的裁判指示，倒是叫人意外。可是反過來想，這也代表十二大戰的規模令人不敢小覷吧。雖然早就知道，可是還是得實際體驗過之後才真正明白。）被搖醒的少年也沒有向『申』

道謝，睡眼惺忪地拿走寶石之後，桌上的寶石還剩一顆。

「欸，裁判先生。」這時候有人舉起手來。「原本要給本大爺老弟的寶石看來沒人拿了，本大爺可以拿走嗎？」那名男子竟然趁眾人還搞不清楚狀況的時候大言不慚地開口索討寶石，肉看到那男人的臉有些嚇一跳——因為那人的臉和那顆現在已經沒人理會的人頭長得幾乎一模一樣。充滿痛苦的死人臉龐和活人的臉當然不同，可是發現兩者長相相同之後，一眼便能看出來雙方是多麼相似。（雙胞胎嗎……）地上的屍體和那名男子身上都背著怪異的槽桶，可能是戰鬥用的裝備。（雙胞胎戰士……這麼說，難不成他們就是傳聞中的斷罪兄弟？）弟弟都已經遭人殺害，哥哥卻不在乎親人屍橫就地，眼中只有寶石的存在。裁判杜碟凱普也心平氣和地回答道：「請請，沒關係。請拿走吧。」「嘿嘿，真走運。賺到了。」「但是請您只能『吞食』一顆下去。」「啥？吞食？」「是的。其他人也請把手上的寶石直接吞下，不要咬——如果需要的話，我們有準備開水給各位。」在經濟行為上從未有過煩惱的肉不會覺得把寶石吞下肚很『浪費』，但寶石的大小卻讓人有點難以下嚥。可是話說回來，她總不能就這樣躊躇不前，白白看著雙刀男、睡覺少年還有『申』那個女的一一把寶石吞下去。現在雖然還在事前準備階段，可是戰鬥已經開始了。要是這時候表現卻步給人看輕的話，會被所有人當成嘴邊肉——就算不至於被當成眾矢之的，她本人的自尊也不允許自己在人前做出怯懦的行為。「各位先生小姐，大家都把寶石吞嚥下去了吧？那麼容我向各位說明清楚，剛才各位吞下去的是毒物塊，劇毒結晶『獸石』——這種劇毒碰觸到人類的胃酸後就會引起特殊的化學反應，大約十二個小時之後致人於死。」聽到杜碟凱普說出這令人震撼的真相，在場十一名戰士沒有一個人覺得驚訝。不用等杜碟凱普揭露，之前他要求把寶石吞下去的時候，他們就已經知道這顆寶石絕對不是什麼好東西了。肉也是一樣，在杜碟凱普說出來之前，她不曉得這顆沒有味道的寶石竟然是毒物。不過就算杜碟凱普講出來了，她的感想也只有「我想也是」而已，甚至還覺得有些失望。多拿了弟弟那個寶石的雙胞胎哥哥吊兒郎當地說：「搞什麼，毒藥根本不值錢嘛」，但還是不聲不響地收進口袋裡。杜碟凱普說道：「獸石的形狀讓諸位吞下去之後沒辦法再吐出來，還請各位見諒。諸事準備齊全，接下來就讓我說明大戰的詳細規則。我只說一次，還望各位仔細聽清楚，不要遺漏。不過這次大戰訂定的規則非常簡單，也不太可能搞錯。因為第十一次大戰那時候規則稍微太複雜了點——我們也深刻反省。」

「把剛才分配給所有人的十二顆寶石全都湊齊的戰士就是優勝者——成為優勝者的戰士能夠實現一個願望，不管是任何願望都可以。」

規則的確很簡單，但還算不上一點問題都沒有。肉猶豫著要不要自己主動詢問。可以的話，她想從旁觀察其他戰士詢問細節的狀況——是誰對什麼事有什麼樣的疑問，對往後對敵廝殺是很重要的情報。有些戰士對肉來說很陌生，她想盡量多瞭解這些人的個性。不過遺憾的是提出問題的是肉已經認識的戰士——『丑』。（我想應該沒有哪位戰士不認識這個『天才』吧……）那是一名看起來陰陰鬱鬱、一頭黑色長髮和身高一樣長的男子——肯定是有望獲得優勝的有力人選之一。他那副心無城府、有問題就問的態度在肉的眼裡看來雖然愚蠢，但以一名戰士來說卻是相當正直。

「既然所有參戰的戰士吃下了毒藥，那不管最後有沒有獲得優勝，到頭來所有人不都是難逃一死嗎？杜碟凱普裁判。」他的發音字正腔圓。「各位想當然耳會有這個疑問，所以我也用想當然耳的答覆來回答。我們會準備解毒藥，當作副獎提供給獲得優勝的戰士，請各位不用擔心。」這也代表要是不能獲得優勢就百分之百死路一條。而且就算在大戰中存活下來，但要是獲得勝利的時間超過十二小時的話，還是會因為來不及解毒而毒發身亡。如果想保住性命的話，只能在規定時間之內決定勝負。想到參加十二大戰的人全都是精挑細選的戰士，獲勝條件的難度想必絕不簡單。（可是問題不在這裡……）『丑』的想法似乎也和肉一樣，繼續發問道：「你剛才說過會和胃液起反應吧？也就是說寶石會被胃酸融化是嗎？」「是的，正如您所想的。雖然每個人不一定相同，您可以想成隨著愈來愈接近時限，寶石也會慢慢融化，最後消失不見。」這句話意味著要是有任何一個人胃裡的寶石融化光了，所有人都會失去優勝的機會。就算少了一顆寶石，主辦單位也不可能放寬優勝條件，改成只要收集十一顆寶石就行。「老夫也有一個問題，可以請教嗎？」這時候『未』突然插進話來。他是一個身材矮小的老人，遺憾的是這名戰士也是肉已經認識的人物——不過她原以為這位戰士已經退出江湖了。（如果光看年齡的話，應該比杜碟凱普……還年長吧。豈止退休，就算死了也不奇怪。真是一個活傳說——我不想示弱，但是老實說有『未』參戰著實棘手。）「該怎麼說呢……老夫的戰鬥方法有點凶猛。現在眾目睽睽之下當然不能自掀底牌，可是老夫打算使用威力強大的爆裂物。雖然盡量會小心避免，但倘若在搜集寶石的時候一個不注意破壞寶石的話，這該如何是好？」『未』口中說不能自掀底牌，言語中又明顯透露出要使用爆裂物——假借要問問題，實際上卻是對其他戰士示威。真是老奸巨猾，耍這種狡獪的手段。（與其說是老練，根本就是老奸巨猾……這種個性真的惹人厭——不過我的機關槍也是同樣，我的子彈可是連寶石都能輕易打碎呢。）「請您放心。毒寶石只會和人類的新鮮胃酸起反應——如果用其他方式，不管任何物理破壞力都沒辦法對寶石造成任何傷害。如果不相信的話，可以請您試試看。」「……不勞費心，既然您這麼說的話，應該也不用測試了。」『未』不再堅持，立刻便閉上嘴——既然已經示威已成，他似乎也認為達成目的就夠了。除了爆裂物或是子彈以外，十二大戰裡有各種琳琅滿目、令人目眩神馳的『破壞方式』，主辦者當然不可能使用隨隨便便就被打碎的寶石。「我再問最後一個問題。」『丑』又繼續掌握局面。「你說我們吃進肚的寶石這麼堅固——那我們要如何收集已經被吞進肚的寶石？」「如何收集就由各位自行判斷，若要我提出一個意見做為參考的話，我認為把對手開膛破肚是最快的方法。」

2

「那麼全世界最獨步全球的戰士們，祝各位武運昌隆。」十二大戰的裁判杜碟凱普說完之後，似乎恭敬地低頭行了一禮，然後又悄然消失，彷彿一開始根本就沒這個人一般。「各位，能不能聽我一言？」就在杜碟凱普離開之後，『申』立刻出聲說道。此時肉正在思考要如何才能有效制敵機先，『申』正好在她毫無準備的時候開口說話——事實上所有戰士都被少女『申』出其不意地搶去主導權，而且還是輕而易舉就被突襲。發生這種狀況，當然會引起一陣騷動——這時候的氣氛比杜碟凱普講話的時候更加緊繃，『申』卻用完全不符合氣氛的開朗笑容說道：「我有一個提案。如果規則是這樣的話，只要大家同心協力，或許所有人都不用死。」不出所料，『申』那個女人提出的果然是這種愚不可及的提案。肉猜得出來她在想什麼。（她還是老樣子，這麼慷慨和善。想也知道，她的提案肯定是那種大家攜手合作的計畫，說什麼用作弊的方式迅速決定優勝者，然後優勝者用獎品『唯一的願望』讓所有人復活之類的。）那個『申』一定會把這種七歲童蒙都想得到的點子當成絕妙好計似的提出來。別開玩笑了，當然百分之百行不通——誰會把只有一次的珍貴願望白白浪費掉，用來讓其他人復活，根本一點建設性都沒有。「有沒有人贊同我的想法？」『申』的語氣就好像在招募志工一樣，甚至讓肉看得心頭火起。可是也罷，她這樣惹人側目（或者該說偽善到惹人側目？）想當然耳會被名列為十二大戰初期的狙殺目標之一。就趁著其他戰士要取她性命的時候好好思考今後的對策吧——肉轉念這麼心想，可是沒想到竟然有一個人懶洋洋地默默舉起手表示贊同。（究竟是哪一位戰士這麼不合群、不懂得看場合——）仔細一看，舉手的是先前那位睡眠少年。他現在還是一副睡眼惺忪，一邊點頭如搗蒜還一邊用半夢半醒的聲音說道：「如果……所有人都不用死……當然是……最好了……」。與其說是半夢半醒，看起來根本就像在說夢話一樣。肉驀然覺得他的聲音好像在哪裡聽過，可是就算聽到那少年接著說「妳的計畫是要大家推舉妳為優勝者……由妳來讓眾人復活嗎？」這句話，她仍然想不起來是什麼回憶，或許只是自己多心吧。『申』聞言，否定這個說起來簡單卻難以實行的主意：「有點不一樣。要是你說的這種做法，大家都會擔心我是否會讓所有人復活，是不是？我想的必勝法門可以讓大家更放心。」她說得眉飛色舞，好像很高興有人贊同自己的意見。（哼，看來她多少有動腦筋——反正不過也就是猴子等級的智慧罷了。）肉暗暗罵道，但她還不知道『申』到底有何種腹案。就算肉討厭『申』討厭到把她大卸八塊也難解其恨，但她沒有小覷對方的能力。如果『申』真的有什麼把戲，這倒是難以推測的情況。就在肉想不出『申』究竟葫蘆裡賣什麼藥，心裡正納悶的時候，除了睡眠少年之外又有其他人接二連三舉手。（唔……糟糕了。『丑』和『酉』都……）除此之外還有一名巨漢，肉從未謀面的『陌生戰士』慢吞吞舉起手來。加上『申』與睡眠少年，全部一共是五個人……照這樣增加下去的話，贊成的勢力就會占所有人的一半。睡眠少年十之八九只是因為『剛才她把我叫醒』這個幼稚的理由才表示贊同，可是原本眾人彼此試探的場面突生變數，肉卻坐視不管，這是無可挽回的失策——雖然不知道『申』的主意有沒有可能實現，但一場生存淘汰賽正要展開，才一開始就出現強大的勢力，不管怎麼想都不是什麼好消息。而且這群人當中還包括『丑』，更是糟糕透頂。那個男人光是自己就相當於一股龐大的勢力了。（必須想辦法阻撓才行……要是再有一個人舉手的話，十一個人當中就有六個人贊成，會成為過半數的勢力。）可是肉的人生以及信念不允許她此時立即突起發難、失控地用兩柄機關槍朝四面八方掃射，用這種醜陋不堪的方式擾亂局面。她必須得保持優雅，遵循自己的作風戰鬥才行。

不過幸好肉這時候根本不用忙。第六名戰士舉手了。不，那人舉起來的不是手，而是染血的刀刃——就是那個眼神不正常的雙刀男。看到他舉手，『丑』、『酉』還有肉不認識的『陌生戰士』都悄悄把原本舉起的手又放下來。也就是說因為雙刀男表示贊成，使得三個人放棄和平共存的提案——這也難怪，就算那把刀刃沒有染血，要是對這種渾身散發詭異氣氛的男人毫無警戒之意，那還當什麼戰士。「ＯＫ，謝謝大家。我很高興看到有兩個人崇尚和平主義。其他人要是改變主意的話隨時告訴我喔。」不曉得是不是缺乏身為戰士的本能，『申』竟然還是這樣說道，彷彿很歡迎雙刀男的加入——怎麼看那人都不像是經過深思熟慮之後才舉手，而她竟然也表示歡迎。睡眠少年沒有放下手是因為來不及收手了嗎？「那請你們兩位過來——」

這時候突然有了動靜。不知道是不是某個人比肉還更果決，認為不能再繼續坐視下去——就算只是一個三人團隊，但或許有某個人還是想要阻止團隊成立。雖然不知道究竟是誰動了什麼手腳，房間的地板突然嚴重崩垮。「！」「！」「！」「！」「！」「！」「！」「！」「！」「！」除了動手之人以外，其他十個人感覺腳下一空，各自都大吃一驚，各自往下墜，然後又各自應付突如其來的狀況——這就是第十二屆十二大戰的開端。

3

當肉隨著大量的碎石瓦礫在下一層樓著地的時候，其他戰士已經往四面八方各自散去了。唯獨只有肉堅持選擇要用優雅的姿態落地，可是其他人似乎都選擇趁亂先躲藏起來。（還真是聰明呢。）既然時間有限，當然沒辦法躲到天荒地老，可是這場大戰裡應該沒有一位戰士會這麼毛躁，因為有時間限制就急著想分出勝負。（不曉得哪個戰士打破地板的，這個人必須得多加小心才行。是身懷什麼異能嗎？還是他第一個來到房間，事先動了什麼手腳……）無論如何，『申』的團隊因為被打斷而未能成立的影響非常深遠。比起單打獨鬥，團體戰當然比較有利。而且除了單純人數上的差距之外，像肉這種個性的人也搞不懂所謂的『和平主義者』腦袋裡到底在想什麼，總覺得他們非常噁心。別說那個雙刀男當然不是什麼『和平主義者』，『申』和睡眠少年也都不可小覷——看來在他們聚集起來開始進行什麼計畫之前，最好先把『申』除掉。一想到能夠在這裡和那個女人做個了斷，了結和她的孽緣，肉就覺得心裡舒暢——不，當她想像到把『申』給開腸破肚，甚至會有一種令人亢奮的喜悅。（嗯？）可是這時候肉發現有人。其實根本不是她發現，要是有人散發出這種可怕的邪氣，就算是路邊的石頭應該也會想要長腳跑掉。回頭一看，那名雙刀男就站在眼前。不曉得他先前是被埋在瓦礫堆之下，或者是去而復返。

「其實從誰開始殺起我都無所謂——真的無所謂——」雙刀男說話的音調帶著抑揚起伏。「都是因為妳無緣無故冤枉我——我就想先出出這口鳥氣。要是悶在心裡頭，去和人幹架也會影響表現，妳說對不對？心理狀況可是非常重要的嘛。真是的，沒有證據就隨便懷疑別人，妳這傢伙怎麼這麼無情？我超懷疑妳的人格是不是有問題。」

「…………」雙刀男這番話顛三倒四，想必他的心理狀況早就已經大事不妙了，肉聽得大搖其頭，也懶得和他辯。可是她認為對方雖然言詞瘋癲，但應該也是當真要動手了。這個雙刀男是真的『從誰開始殺起都無所謂』，他之所以先找上肉下手，絕對沒有任何戰略上的意義，單純只是因為肉讓他留下深刻的印象而已。肉是為了表現優雅才最後一個走進房間裡，給人留下印象卻反而惹禍上身。早知如此，『申』的隊伍成立或許反而對肉才有好處也說不定──因為要是隊伍成功集結的話，這個男人的雙刀就會指向『申』了。他選擇目標就只是這種程度的一念之差而已。（真是無奈──真的真的很不情願。沒想到到頭來竟然變成我要代替『申』和他戰鬥──這樣不就好像我在保護那個女人一樣嗎？）肉一方面這樣心想，一方面又冷靜分析敵我彼此的戰力差距。雖然她不太喜歡盯著這種人看，但總不能因為心裡不舒服就不看對方直接動手。（雖然因為渾身散發出來的異樣氣息讓人看不太出來，這個戰士的確有本事。除了富裕階層之外，我實在不想用氣勢這個名詞形容，但這個人確實有這種氣息。如果不是我或是『丑』的話，恐怕根本不是他的對手──）這更讓肉大感可惜。可以的話她希望高手盡量互相殘殺──可是沒辦法要求事事都能順心。貪婪不是嘴上說說，而是要付諸實行。這是肉的理念。此時此刻就以優雅的舉止盡情發洩內心的亢奮吧。（對我來說，第一戰就遇上你著實可惜──可是對你來說，第一戰就遇上我則是你喪命的原因。）

「我是『亥』的戰士──『殺得精采』異能肉。」

「我是『卯』的戰士──『殺得異常』憂城。」

看來對方還算懂得禮數，知道要通名號。肉帶著嘲諷這麼想，一邊擎起左右兩手的機關槍『愛終』與『命戀』，就要把敵人打成蜂窩──如果杜碟凱普說的話可信，那麼就算子彈把對方打成肉泥，寶石應該也能完整保存下來。只要從血灘肉團裡慢慢找出來就好了。雙刀男──『卯』舉起雙手手中的巨大凶器，蹦蹦跳跳般衝了過來。不管怎麼看，機關槍子彈的速度都更快。肉很佩服他不畏槍口，拚上一條性命衝過來的膽魄，但是猛衝亂撞可是『亥』的專利──就當肉正要扣下扳機的時候──（!!）她的雙手忽然被人從腋下穿過緊緊扣住。雖然勉強扣動了扳機，可是槍口卻朝著其他方向，子彈根本連碰都沒碰到『卯』，反過來看『卯』的刀鋒則是──

他的刀鋒則是刺穿了肉的血肉。

這一刀連同背後扣住肉雙手的人也一同刺穿。「嘔呃……」心臟被刺穿了嗎？不，是食道……這個男的不是沒頭沒腦隨手亂刺，而是精準無比、半分不差地奪取寶石。反過來說，他殺害一個人的時候只是井然有序地採取步驟，把刀插入人體而已。感覺就像撕開面紙包一樣簡單。（而且竟然有同夥……）就在觀景室的地板崩垮，短短一瞬間不見人影的時候，『卯』就和某一位戰士協調完成，然後才找上肉的嗎──肉一點都不認為這個男人有這麼好的交涉能力與社交性。可是事實擺在眼前……（完全沒被我察覺就偷偷潛到背後，還用這種下三濫的方式抓住我，到底是哪位戰士……）「！」

肉使出渾身解數，擠出最後一絲力氣轉頭向後看。可是看這一眼帶給她的驚訝比食道被刺穿的時候還更加震撼。她之所以驚訝不是因為看到從後面扣住她的人臉龐，而是因為看不見對方的臉龐才如此驚訝——她想要一探究竟的臉龐不在眼前。抓住她的是一個脖子以上空空如也，只有身軀的——屍首，就是剛才還躺在地上的那具屍體——觀景室地板崩壞的時候也跟著一起掉下來的那具屍體。「你……你……」肉布滿血絲的雙眼又看向『卯』。她已經沒有多餘的心力雅飾言詞了。「你這傢伙……是『操屍者』嗎!?」

「我是『造屍者』。我能夠和自己殺死的人當好朋友喔。」『卯』一邊說道，一邊把長刀從兩人身上——一個活人與一個死人的身上拔出來。難怪就算有人從背後靠近，肉也沒有察覺……因為當時那名戰士早就已經死了。「不好意思喔，我騙了妳。殺死他——『巳』戰士的人就是我。因為妳可能知道我的屬性，所以我一直在提防妳。」這個謊言騙得了誰啊。（本、本小姐竟然在這裡了結……）高傲不屈的肉雖然滿心屈辱，但還是無力倒下。就在肉的『個性』完全消滅之前，一把抓住她心靈的正是那抹不但使她備受屈辱，而且還身陷絕望的聲音。「可是妳應該不會怪我吧，因為之後妳就是我的朋友啦。」

4

十二大戰開始後沒多久之後，繼承上次冠軍名號『亥』的肉就這樣淘汰出局了——

而包含已死的她總共三人，『卯』、『巳』、『亥』組成的屍體同盟RABBIT一派於焉誕生。

（○卯——●亥）

（第一戰——終）

第二戰

雞鳴狗盜

本名津久井道雄，五月五日出生。身高一七七公分，體重五十二公斤。他不帶武器，戰鬥方式是用牙齒咬人。那一口什麼都能咬碎的牙齒被人稱作『狂犬鋲』，人見人怕。他平常在托兒所工作，勤奮的工作態度就連家長都讚不絕口，孩子們也很喜歡他。實際上他真正的職業是把有『資質』的小孩暗地送到適當的組織。曾經有一次誤把小女孩送到一個普通戀童癖的手上，那時候他拚了命好不容易才把人搶回來。現在那位女童已經成為他的養女，為了賺錢養育女童，他在戰場與托兒所裡努力工作。私底下沉迷於寫書法，剛開始的時候身邊的人根本不能體會他的興趣，但他還是不屈不撓地繼續寫，因此練就出一手渾厚的筆法，原本不看好他的人自然也就閉上了嘴。

1

十二大戰進行的區域範圍並沒有特別規定。雖然開戰時的集合地點選定在人為造成的鬼城的中央大樓裡，但是只要戰端開啟之後，不管離中央大樓多遠都可以。打個誇張的比喻，就算想要出國也無所謂。事實上十二年前上一次大戰的時候，最後獲得勝利的前代『亥』就是故意把戰場轉移到人口密集的大都市，作戰的時候還連帶造成大量無辜的人員傷亡。（利用一般民眾的混亂與暴動讓戰況有利於己，這種完全不顧一切、只求獲勝的嚴格態度真是值得學習。）十二名戰士之一的『戌』怒突心裡想道。（不過這次恐怕不能用這招了——既然明確規定有時間限制，所有人都不能離這座城市太遠。像現在這樣先和別人拉開間隔，同時又保持在隨時可以交戰的距離。大家就這一點倒是利害關係一致。）正因為如此，所以怒故意選擇相反的作戰方式。也就是躲在沒有人的地方，離眾人遠遠的避免被發現，然後等待時間過去。口中露出獠牙、模樣看起來凶神惡煞的怒確實有凶惡的一面，但另一方面他也是一個冷靜又狡猾的人。（既然有常理可循，那就倒行逆施）就他看來，這次十二大戰的參賽者當中，有一定人數的戰士都是好戰分子，暫時讓那些男男女女自己殺個痛快，等到人數減少、變數也減少之後再正式展開行動方為上策。身為一名戰士，怒當然也有很強的自尊，就算單身對抗時，一個人也有足夠的自信與堅強的信念能夠活到最後。但他還是按捺住自尊心作祟、壓抑自我，用比較有保障的方式劍指優勝大位。（大會開始之前就把『巳』殺掉的『卯』應該不用太擔心。那種人終究不過是個殺人狂罷了——沒有能耐活過十二大戰。這樣的話，最大的問題還是在於『丑』吧——）其他令怒掛心的事情就是『當時是誰弄垮地板』。包括怒在內的十名戰士全沒料到會有這個陷阱，而擺下這道陷阱的人究竟是誰？這個疑問還沒水落石出之前，不應該輕舉妄動。（等吧——就讓我耐心等下去。等待就是狗狗的本願。至少要等到人數減少到三個人以下。）

話雖如此，怒參加十二大戰還能這樣沉穩以對，除了常人少有的自制力之外，其實也有其他理由——或者應該說另一個理由才是主要的原因。站在他的立場來看，事情演變至此不是他所能操控。但這次大戰的規則設定，特別是優勝條件對怒來說根本就是喜出望外。就是那個把有毒寶石吞進肚子裡，然後彼此搶奪寶石的規則——要是不快點『拿出來』的話，寶石就會融化不見，自己的身體也會被劇毒侵蝕。雖然杜碟凱普說經過十二個小時之後就會死，但想必不是十二個小時過後之後突然就翹辮子。像這種如定時炸彈一樣方便的毒藥，怒不認為主辦單位有辦法依照人數湊足。服毒之人的身體髮膚應該會隨著時間流逝漸漸被毒藥所傷，經過十個鐘頭之後就已經失去戰鬥能力了吧。而且毒藥的藥效對每個人都不一樣，或許有些人會更早產生藥效——『生死競賽初期最好低調』是最典型的戰法，可是這樣的憂慮會讓參賽者沒辦法採用這種戰法，唯有怒突例外。

那是因為他的戰鬥方式同樣也是『使毒』。

（我已經讓世間大眾認為我的戰鬥方式是用『狂犬鋲』施展強而有力的咬嚙……）可是實際上他牙齒上分泌出的毒液才是『戌』戰士的獨特風格——體驗過怒這獨特風格的對手都已經被他送進黃泉去了。在體內任意形成毒素，然後讓劇毒『感染』到對手體內。過去怒就是用這種方式時而殺人、時而屠戮、時而毒斃、時而剿滅對手。不過咬人畢竟還是咬了，所以說他的戰鬥方式是『咬嚙』也不是欺騙。怒身為一個『毒殺師』，當時他拿到那顆黑黝黝的寶石，憑藉專業能力在還沒吞下去就知道那是一種毒藥了。正因他知道，所以可以在吞食下肚之前在體內製作解毒劑預作防範——也就是說怒突現在完全沒有中毒。體內的毒素已經被化解，他現在健康得不得了。只要體力撐得下去，別說十二個小時，他可以一直躲下去。不過一想到其他戰士仍受限於時間，他還是不能離開這座鬼城——總之在這場十二大戰當中，唯有他擁有特權，可以不受規則影響。（雖然有點犯規，但我可一點都不覺得內疚。我要把這項優勢發揮到極致。）他要利用特權階級的方式戰鬥。躲到戰鬥快結束，等其他戰士都因為戰鬥與劇毒而搖搖欲墜的時候，唯有怒突以毫髮無傷的狀態參戰——這當然是最理想的狀況，但怒可不要求這麼多。要是等太久、太逼近時限的話，寶石很有可能會在敵人體內融化殆盡——就如同藥效在每個人身上各自不同，胃酸的分泌量也是每個人都不一樣。如果寶石在某個人的體內徹底消失的話，就算他是『毒殺師』也沒辦法再重新生成。怒也不是熟悉每個對手的特性，倘若真有哪位戰士體內的胃酸過多也不犯法。所以他的標準不是看時間，而是看人數。他要靜靜躲在這裡，直到戰士人數減少到三個人以下。就在這個誰都不會發現、位置絕佳的藏身處裡躲到「找到你囉！」

2

怒突藏身的地點就是眾人集合的那棟廢棄大樓的地下停車場。他當然不是自認為什麼最危險的地方就是最安全的地方，只是因為這裡原本就燈光昏暗，又停放大量沒有車主——車主大概已經不在這世上了——的車輛，視野非常狹窄。依照他的判斷標準，認為這裡應該是不錯的『祕密巢穴』，絕不會被人發現。可是實際上不到三十分鐘就被人逮個正著。對方還說了一聲「找到你囉」，簡直就像是小孩子在玩躲貓貓的時候被發現一樣。可是找到他的人當然不會是小孩子，而是一名戰士。怒是今天才初次見到那位戰士，對方胸前還捧著一柄像是長叉般的武器。怒心中暗叫一聲「糟糕」，這下真的是又氣又急。一個適合躲藏的地方反過來說也是打起來手腳難伸的地方——這地方又昏暗、視線又不良，如果要把怒『咬嚙』的戰鬥方式發揮到淋漓盡致，這裡實在不算適合的環境。相較起來，對方那柄細長的武器在這裡好像很便利……（嘖……而且大戰才剛開始，那個遲效性的毒寶石應該完全還沒發揮毒性吧。）他原本的計畫是要和中毒衰弱的敵人作戰，結果沒想到現在卻演變成兩個身體狀況還很良好的人開打——也罷，既然這樣的話只要把轉換心情就好了！怒突打定主意之後站起身來，可是對方趕忙說道：

「啊，啊，請別誤會。我沒有意思要傷害你。」怒突原本是躲在暗處，而對方則是站在他的正面。就某種層面上來說，兩人彼此的位置關係可以讓對方為所欲為，可是她卻好像辯解似地這麼說道。「我、我……我是『酉』！我是『酉』戰士，名字叫做庭取……我找你是想和你結為夥伴……」

夥伴？怒不禁皺起眉來，但隨即想到（說起來這女的剛才好像也打算要接受『申』那傢伙的邀約……）當時表態贊成的有始終一臉睡眼惺忪的少年戰士，還有……『丑』戰士……巨漢戰士以及這個女孩。（…………）怒的本業是個掮客，以他專業的眼光分析眼前這位女戰士——雖然態度怯生生的，可是衣著打扮卻很豔麗，裸露出不少肌膚。

感覺身上的這套衣服比本人還更搶眼……難道她是那種被迫不得不參加十二大戰的人嗎?「妳說要和我結為夥伴?」「嗯,是啊……雖然剛才談到一半就不了了之,但是這場生死決鬥戰一開始理所當然是要組隊對抗敵人比較好不是嗎?所以說……」那女孩愈講愈小聲,怒聽得不是很清楚。簡單來說她不是專程來找怒,而是眾人各自鳥獸散之後偶然發現怒的行蹤,毫無戒心地跑來找自己組隊。(她怎麼不想一想,要是『組隊抗敵』真是『理所當然』的話,為什麼戰鬥開始之後只有『申』提議要組隊……)這名『酉』戰士似乎還沒發現,既然最後的勝利者只有一個人,那麼『團體行動』與『背叛』就拖不了關係。照這樣看來,她之所以會舉手答應『申』的邀約不是因為和『申』一樣都主張和平至上,單純只是不假思索,只是想要『和別人組隊』而已吧。「我們就一起並肩作戰,打到最後剩我們兩個,之後再一對一堂堂正正地一決勝負就好了。所以拜託你和我合作!」『酉』似乎認為這個主意對雙方都有利,根本沒想過可能會碰釘子。怒見狀想了一想。和這個傻乎乎的女孩組隊恐怕也沒有什麼好處。而且自己身為『毒殺師』,依照規則來看具有其他人沒有的優勢,更沒有必要和她搭檔了。但要是因為這樣就一口回絕的話,恐怕免不了立刻就是一場惡鬥。雖然這女孩好像呆呆的,實際上也確實缺乏深思熟慮,但好歹也是『酉』的代表戰士——她是一名戰士,實力應該足以彌補那顆不靈光的腦袋。和她對打雖然不至於會落敗,但要是這麼早就負傷的話,會影響今後的計畫——對現在的怒來說,最應該擔心的就是在初期遭到淘汰,沒有機會發揮自己的優勢。（……這時候還是應該假意和她合作，換個地方，在遇到其他敵人之前盡快把她做掉才是上上之策吧。）怒擬定了一個頗不人道、缺乏人性、完全不把人當作人看，換句話說也就是相當合乎人之常情的戰略之時，代表『酉』的女孩用完全不像個戰士該有的俚俗措詞繼續說下去：「而且要是再不快點的話，事情就大條了。很大條，非常大條。那個拿著雙刀，看起來很危險的戰士……那傢伙竟然是個『造屍者』！他把『亥』戰士殺掉，已經組成一個三人小隊了！」

3

『酉』戰士庭取獲准——或者說被迫——參加十二大戰的資格，其實也可以說是特殊能力，好像叫做『鷹覷鶻望』。她好像就是利用這項能夠和所有鳥類溝通的技能，發現怒突藏身在地下室裡。這麼說來，怒還記得被她發現之前好像看到有一隻鴿子停在停車場的天花板上。對她來說只要是鳥類能夠進入的地方，不只是屋外，就連建築物內部也是她的視線可及之處。縱使十二大戰的主辦單位把所有人都殺光，想要造出一座無人鬼城，仍然無法限制飛鳥進出城市當中。就如同怒突在『毒性』這方面具有優勢一樣，在『視野』能力上，『酉』似乎還遠勝於其他戰士。她說就是用這份『鷹覷鶻望』的能力看到——看到了『亥』與『卯』的戰鬥以及最後的結局。她目睹『卯』戰士利用『巳』戰士的屍首殺死『亥』戰士，然後領著兩具遺體離開現場。那場戰鬥是十二大戰的第一輪對決，而『酉』就是目擊者——怒突聽她說這件事，心裡第一個念頭就是（這傢伙真是如假包換的傻瓜。）她可能是心裡藏不住事情，看到什麼就說出來。但她和怒突是第一次見面，竟然就這樣白白把自己的特殊能力全盤托出……警戒心之低令人難以想像。沒錯，這項技能在戰士作戰的時候的確是很優異的技能。怒很羨慕這招技能，如果用錢就能解決的話，他甚至希望出錢叫『酉』把這套功夫賣給他。可是這招技能在敵我短兵相接的肉搏戰卻是無用武之地。如果敵人和自己就像他們兩人現在這樣的距離，怒隨時都能戰勝、隨時都能殺掉對方。對怒來說，這個『酉』戰士再也不成威脅了——那就盡量利用她，在怒作主的情況下盡可能把她的這項技能發揮到極致之後盡早殺掉，這樣就不怕『酉』扯他後腿。現在更重要的問題是『卯』戰士。『造屍者』……沒想到世上真有這種人存在。殺的人愈多，手下就愈多。在殺戮的同時從事生產，生產的同時手段悽慘——那種能力的優勢當然在『酉』之上，恐怕連怒突自己的能力都比之不及。那種技能可以把殺死的人收為手下，也可以說是一種溝通技能，可以和一群絕對不會背叛的同伴結交——換句話說對他而言，『不容易找到適當隊友』或是『組隊的缺點』等等狀況都不存在。而且還不需要支付任何報酬給隊友——只要他殺的人愈多、十二大戰進行得愈久，他的同伴就會愈多。理論上可能真的會變成十一打一的局面——而且如果把『會打鬥的屍體』當成戰力的話，怒的『毒殺師』技巧就變得毫無意義。這世上沒有任何一種毒藥能夠毒死已經死亡的屍體。雖然從沒試過，但就算一口咬上去傳播劇毒，對屍體應該也沒有什麼影響吧。終究只能依照一般的方法，用最單純的肉搏戰與原本的戰士打上一場才行。（如果要補充的話，那顆有毒的寶石應該不用想也知道對屍體無效吧。死屍也不會分泌胃酸。）至少『卯』的『夥伴』已經擺脫時間限制的規則要求了。（『酉』的『鷹覷鶻望』、我的『毒殺師』，還有『卯』的『造屍者』能力……這可不是單純的偶然。）雖然只是猜測，主辦單位應該是配合所有參戰戰士的特性制定規則與戰鬥場地。所有人都有某種很犯規的優勢，參賽者必須得動腦思考如何善加利用自己的優勢。（遊戲規則根本沒有杜碟凱普那傢伙說得那麼簡單……這該怎麼辦才好。）無論該怎麼辦，怒都必須改變戰略方針了。先不管要如何處置『酉』，他已經不能在這裡一直躲到十二大戰後期了。因為要是傻不愣登地等下去，『卯』就會利用自己隊伍的優勢人數……不對，應該是已死人數，三人聯手用三倍效率毫不留情到處誅殺其他戰士。而且被『卯』殺死的人又會變成他的新夥伴。（把自己打倒的人一個一個都變成自己的夥伴，簡直就是少年漫畫嘛。）要是在這裡躲到最後，可以想像到如果怒在這裡一直躲到最後，自以為大好良機還呆呆跑出去的話，到時候『卯』就會帶著一群同伴迎戰他吧。就算十個人只是理論上的人數，但可能也會有七、八個人。（充滿各種特性、行動整齊畫一的戰士團隊……這種噁心的狀況我連想都不願意想像。）所以要行動的話就得盡快，講得誇張一點就是現在。趁著『卯』的同伴、他手下控制的屍體還只有兩具的時候和他一決勝負。如果是三打一的話，在怒的日常生活當中也常有這種狀況。而且把『酉』也當成我方戰力的話就是三打二。三打二的話就沒什麼值得一提，只是一般的戰鬥而已——除了對方陣營過半數都是殭屍這一點。「庭取。」「啊，是！」「妳知道『卯』現在的位置在哪裡嗎？靠妳最擅長的技能。」「那、那當然。」庭取挺起胸膛回答道。「我掌握得一清二楚……為了避免被發現，我叫鳥兒保持很遠的距離，但我已經請牠們優先跟蹤『卯』、『巳』還有『亥』的動靜了！」「好。雖然我很討厭和別人混在一起，但這次就特別接受妳的要求。」怒刻意擺出高姿態，用施恩的口氣說道。他們之間不是彼此對等的同盟關係，主導權還是掌握在怒的手上。也不知道『酉』有沒有發現這件事，她的臉上露出燦爛的笑容。「那你的意思是——」「要來獵兔了，我們一起宰了他吧。」「耶，太好了！」庭取擺出勝利姿勢。「我們就以優勝為目標，一起加油吧！還請多指教！」怒可不打算和她一起加油。說得更明白一點，他只想在最短的時間，對抗『卯』的戰鬥當中和她一起加油而已，可是這些話當然用不著說出口。「那我們就自我介紹吧！」『酉』毫無戒心地伸手要和怒握手。

「我是『酉』戰士——『啄殺』庭取！」

「我是『戌』戰士——『大口咬殺』怒突！」

怒一邊握住伸到眼前的纖纖玉手，一邊冷酷地盤算計畫（這下該如何利用這女孩呢？）——他精準地計算如何才能用最少的代價、以最有效的方式，讓與自己握手的同盟夥伴步入死亡。

4

兩人決定在追蹤RABBIT團隊的時候彼此交換情報。參加十二大戰的戰士當中，怒突認識與不認識的人大約是一半一半——如果要側重生死決鬥戰當中的情報戰方面，他們兩位同夥就應該互相分享彼此擁有的情報才對。順帶一提，怒突認為自己也有需要『表現得像個盟友』，好取信『酉』。至少比聽『酉』天南地北閒聊有意義。她說什麼「追過兔子的那座山、掉過鯽魚的那條河」這句歌詞當中，常常會有人把『追過兔子』誤解為『炊過兔子』，但看看之後的歌詞提到釣鯽魚，怎麼想都知道之後的之後連小兔子都會變成美味的盤中飧。或許『酉』也想嘗試自己的方式和怒打好關係吧……「我大概稱得上認識的戰士有『丑』、『辰』、『巳』、『申』還有『亥』，就這五個人……」怒突說道。這件情報所言非虛——反正最後還是要殺她，就算透露一些正確的情報也沒關係。依照回報性的法則，『酉』說不定也會告訴他一些重要的情報。「這些人當中最危險的莫過於『丑』了。該怎麼說呢……一言以蔽之，這傢伙『厲害得莫名其妙』。在戰場上，他一定會把敵人殺到一個都不剩，人稱『趕盡殺絕的天才』。」「趕盡殺絕的天才……」「沒錯，他絕對是優勝的候補人選之一。憑妳這樣的實力，要是遇上他的話最好還是腳底抹油逃跑。」「喔……」看來『酉』好像有聽沒有懂。（無所謂，這樣也行。事實上在妳遇上『丑』之前，已經註定先被我收拾掉了。）「『辰』與『巳』……關於斷罪兄弟沒什麼好說了。兩人一組搭檔的話的確是一對很厲害的兄弟檔，可是兩個人當中已經有一個被宰掉，所以危險度也少了一半。」「嗯，我知道了。」「『申』妳也看到了，她就是一個和平主義者、博愛主義者。像她這麼爛的人，根本沒資格稱作戰士。她的工作就是前往戰場，把戰爭導向和解的結局——過去有好幾場戰爭都因為她的調解因而停戰。」（照這樣說起來，這傢伙也真是倒楣到家了。）她先前早該堅持下去，別退出『申』原本已經都快要組成的隊伍，誰叫她現在跑來找上怒突。「對我們戰士來說，她既是同行，又像是生意上的對手——她參加這場十二大戰十之八九也是為了終結這場大戰吧。」「真、真的有可能終結得了嗎？」怒突沒有回答『酉』的問題。一方面他認為這種事當然不可能，但心中又隱隱藏著類似恐懼與期待的心情，覺得那個女人搞不好真有這份能耐。「關於『亥』的事情應該就不用提了吧，現在她已經是兔子的奴隸了。她其實也有一招還滿強的招式叫做『花彈如流水』（No Reload）……就某種意義上來說，那傢伙一開始就死掉，對我們這些剩下的人或許是一大僥倖也說不定。庭取，妳有認識誰嗎？」「啊，所有人我幾乎都不認識，頂多只聽說過一些沒什麼根據的傳聞而已。抱歉，我見過的世面太少了。」雖然有些意外，但怒對她本來就沒多大的期待。如果有什麼情報可打聽的話當然最好，不過大概也就是這樣了吧。怒突不覺得有什麼好失望的，結果『酉』好像想起了什麼事，說道：「啊，可是怒突先生。你不覺得那個小孩很奇怪嗎？」「那個小孩？」「就是那個一直半睡半醒的孩子……好像隨時都會睡著一樣。看起來不太像戰士……那個小孩應該才十五歲上下吧？」要說看起來不太像戰士，『酉』自己也沒什麼資格說人家，不過那個少年和拿著染血大刀的『卯』雖然感覺不同，當時看起來但確實也是特立獨行。「妳認為應該要小心那小子嗎？」「不是，我不是認為他很厲害……不知怎麼的，好像覺得之前在哪裡見過那孩子。就在和這次完全不一樣的場合……怒突先生，你呢？」「…………」聽她這麼一說，怒也覺得好像有印象看過他，但不知道在哪裡看到。難道他們曾經在某個戰場並肩作戰，或是彼此為敵打過嗎……？「啊！」這時候『酉』輕輕發出一聲驚呼。仔細一看，她的肩膀上不知何時站著一隻小麻雀。「不好了，怒突先生——RABBIT那群人分頭行動了！」

5

分頭行動，也就是三人組分成二人與一人。怒一聽，直覺認為是『卯』這個指揮者與那兩具屍體分開行動。可是實際上脫隊的是『亥』——兩手擎著機關槍的異能肉，異能肉的屍體。眼神空洞無神的她獨自走在鬼城的馬路上，身上那應該是被『卯』的大刀刺穿的傷口還在汩汩滴血。搖搖擺擺的步伐讓人一點都感覺不出來自主意志，哪有什麼高貴氣質可言，活脫脫就是『行屍走肉』。她那在街上徘徊的模樣已經沒有名門大小姐的逍遙自在，看起來只有萬分詭異而已。「對不起，怒突先生……『卯』與『巳』都跟丟了。說不定他們已經發現我在跟蹤。」庭取滿懷歉疚說道，不過怒認為這名看起來還很生嫩的戰士能夠做到這一步已經算是很不錯了。不過要是『卯』發現鳥群在跟蹤他們，為什麼還像那樣讓『亥』單獨行動，連躲都不躲——也不掩飾『亥』已經是一具屍體的事實。（應該是……誘餌吧）把那個連走路都走不穩的『亥』當成誘餌吸引其他戰士，趁『亥』遭到攻擊的時候，『卯』與『巳』就從後攻擊那名戰士。有一種反論式說法，說戰士在戰鬥的時候最有機可乘，而『卯』的戰略就是利用這種弱點——無論是現在這套戰略，或是先前『酉』描述他如何打敗『亥』的方式來看，那個代表『卯』的男人雖然奇裝異服，給人的印象就像個瘋子一樣，但其實似乎並不是真的那麼瘋狂。（不對，隨便把夥伴當成『誘餌』這一點就已經夠瘋狂了……）既然這樣，那我方就必須更加出其不意才行。以瘋制瘋，必須是更加瘋狂的狂犬才行。「庭取。」「是，有什麼事嗎？」「把手伸出來。」「這樣嗎？」『酉』不知所以然，戰戰兢兢地伸出手。怒則是二話不說直接一口咬上去——牙齒刺了進去。「咦？嗚、嗚哇。啊啊啊！」雖然『酉』唉唉叫，看怒在咬上去的時候同時也注入麻藥，她應該不會覺得痛才對。怒在不到短短一秒鐘就『處置』完成，嘴巴放開她的手，問道：「感覺如何？」「我也不知道有什麼感覺，剛才你對我做了什麼……」「這是對妳下藥。」『毒殺師』怒突的毒時而殺人、時而屠戮、時而毒斃、時而剿滅對方——不過有時候也有『不會殺人的毒』存在，也就是所謂的強化藥劑。（說出來嚇死妳，這就是祕藥『一騎擋千』。）這其實也是一種猛藥，能夠把受藥者的潛力完全引發出來——這種效果當然多少會對身體有些傷害，所以怒絕不會對自己下藥。可是這樣應該就能暫時提升『酉』戰士的戰鬥力。怒想到的戰略如下：先讓『酉』獨自去挑戰那顯然就是誘餌的『亥』，她們兩人誰勝誰敗都無所謂——只要能好好打上一場就行了。重要的是如果把『酉』給推出去的話，隱藏起來的『卯』與『巳』應該就會從某處現身，想要趁『酉』不注意的時候攻擊她——從後偷襲在戰鬥當中滿是破綻的『酉』。『戌』則要來個螳螂捕蟬黃雀在後，把『卯』做掉。就算功力提升，反正『酉』最後還是會被『卯』或是『巳』殺死，對怒來說反而是好事一樁。（之後就再潛入地下——我可是狂犬也是獵犬，『戌』戰士怒突。）「哇，哇哇。這是怎麼一回事，怎麼一回事，怎麼一回事。」就在怒心裡正在盤算邪惡計畫的時候，一旁的『酉』則是抓著被咬到手臂，好像還搞不清楚狀況。『一騎擋千』生效之後突然湧起一股未知的力量，似乎讓她相當不知所措。「冷靜下來，我只是按下開關而已，這完全是妳自己的力量。讓心情平靜下來，控制這股力量。」「控、控制力量……是、是像這樣嗎？」這句話與『酉』先前所說的每一句話相同，口氣一樣驚慌，但卻成了『戌』戰士怒突耳中聽到的最後一句話。

6

用藥物引出的力量把怒突的頭顱一把捏爆的『酉』戰士庭取大大地嘆了一口氣。

「真是花了好一番工夫……不過幸好他還是對我下藥了。」她一邊說，一邊噗滋一聲把手插進怒突脖子的斷面處，然後抽了出來——毒寶石幾乎完好無缺，沒有損傷。

「怒突先生，剛才我說所有的人都不認識，但其實我早就認識你了。」無論是讓人誤以為他的戰鬥方式是用牙齒咬，實際上卻是一名『毒殺師』或是祕而不宣的強化劑『一騎擋千』的事情她都知道。怒突本人似乎以為這些祕密無人知曉，但要是以為在『鷹覷鶻望』之前——不對，應該是『鷹覷鶻望』的目光之下還能藏得住祕密，那可是大錯特錯。庭取深知自己的弱小與經驗不足，事前可是做足了情報收集的工作。她老早就已經盡其所能把可能參加十二大戰的戰士全都調查清楚。與怒突接觸當然也不是因為偶然第一個發現的人是他，而是打一開始就把他當成目標。然後現在怒突已經沒有利用價值，所以殺了他。一方面固然是因為她不希望像強化劑『一騎擋千』這樣的祕藥又用在別人身上，但基本上還是因為代表『酉』的庭取打從心裡不信任他人，雖然有時候會利用他人，但從未想過要和他人搭檔。先前舉手附和『申』的提議也是打定主意之後會背叛——怒突到死都還認為她戰戰兢兢的態度是出自於柔弱，可是柔弱不等於弱小。反而因為她膽怯，所以擁有與強大戰力不同的強處，『為了保護自己而不擇手段』——可是這和感謝的心情是兩回事，雖然『戌』戰士怒突已經成了一具沉默的屍體，但她還是不失戰士的禮節，低下頭表達謝意。「非常謝謝你，怒突先生。多虧有你，說不定我還有機會獲得優勝。我答應你，到時候一定會幫你立一座銅像。」

雖然庭取已經不記得怒突長什麼樣子了，不過反正男人不是靠長相，只要有一副銳利的獠牙就夠了吧。

接著她轉換心情，把目光轉向拿著機關槍在路上行走的死屍。「接下來還要繼續努力，加油加油加加油！」

（○酉——●戌）
（第二戰——終）

第三戰

殺雞用牛刀

庭取◇『想要獲得自我』

本名丹羽遼香，六月六日出生。身高一五三公分，體重四十二公斤。成長的時候受盡難以形容的悽慘虐待，因此她沒有十五歲之前的記憶。過去究竟發生過什麼事、自己遭遇過什麼、又做過什麼，回過神的時候，那兩個疑似是自己雙親的生物已經變成一團肉泥，自己手中則握著暖呼呼、鮮血淋漓的切蛋器。遼香受到相關單位保護之後沒多久，丹羽家看出她具有資質便收養了她。自此她便一直聽從命令戰鬥至今、殺戮至今。她從來沒有任何明確的目標、抱負或是信念，對於欺騙或是背叛一點罪惡感都沒有，因此常常擔任間諜的工作。但因為欺騙過太多人、背叛過太多人，最近她愈來愈搞不清楚究竟誰才是自己真正的同伴。她手上的武器事實上不是叉子而是鋤頭，本身沒有什麼名稱，她自己稱之為『雞冠刺』。當快要承受不住壓力的時候。遼香就會去洗溫泉，所以要是自己前往的戰場是溫泉勝地的話就會感到一絲絲喜悅。溫泉蛋真是好好吃。

1

雖膽小但並非弱小，雖然無力但非嬌弱，雖然笨拙但卻狡猾。打從第一次戰鬥以來，戰士庭取就一直採用這樣的戰鬥方式在戰場上出生入死至今。對她而言，敵我的戰力高低、敵人的個人風格與人格並不是什麼值得在意的要素。要是敵人很厲害，她固然會覺得欽佩，但那也只不過是一種環境因素而已——就像氣候一樣，說變就變。最強的戰士今天也有可能身體不舒服；最弱的戰士今天也有可能時來運轉。好人有可能會墮入黑暗；壞人也有可能棄暗投明——這種曖昧不明的事情她才懶得去一一斟酌考慮。（所以我心裡只有自己而已。）雖然庭既不任性也不傲慢，個性內向到甚至可以說有些自卑，但像她這樣以自我中心的人倒也少見——『其他人全部都是構成情景的要素之一』。就是因為庭取敢這樣說，所以十二大戰的最基本規則『活到最後就是贏家』的條件對她而言還滿稀鬆平常的。十二大戰號稱『能夠實現任一個願望』，十二年才舉辦一次。但十二名參戰的戰士當中，恐怕找不到第二個人像她一樣，不認為十二大戰有什麼特別，只不過是日常生活的延伸而已。（好了……）因此雖然她對『卯』戰士這位『造屍者』就像用香魚釣香魚一般，利用『亥』戰士的屍體當誘餌的作戰計畫還不如『戌』了解得那麼透徹，但庭覺得『把屍體利用在戰略上』這種行為也沒什麼可怕。就這一點來說她比『卯』也好不到哪裡去。雖然她能夠感覺到『卯』戰士渾身一股很不好惹的氣氛，但那也只是一種狀況。狀況就只是狀況而已。事實上庭就是巧妙利用了這種狀況。她把『造屍者』的情報透露給『戌』戰士知道，讓他產生危機感，順利把他從藏身處引出來，最後還成功讓他對自己注射祕藥『一騎擋千』。危機不是要應對，而是拿來利用——最後的結果就是雖然只是短時間，但庭還是讓自己較為軟弱的身體能力提升到極限。她很想在藥效消失之前打完這場大戰——但此時她並沒有得意忘形，用這股源源湧出的力量去和在路上搖搖晃晃漫步的『亥』大打出手。她可不會那麼魯莽，才剛獲得新的力量，還沒熟習如何運用就立刻打實戰。特別是這種情況下，庭根本用不著接近『亥』，因為有更好的辦法。先前她對『戌』描述『卯』的『造屍者』能力所創造出來的『行屍走肉』時說得好像有多危險似的。不過老實說對她而言，那些屍體固然危險，但這種程度她還應付得來——簡單來說，雖然庭主動提出要合作，但她完全沒有打算對『戌』肝膽相照。（所謂肝膽相照就只是挖出寶石的時候吧——）而且庭拿寶石的時候破開的不是肚子，而是腦袋。（小鳥們……拜託你們囉。）庭就像樂團指揮揮舞指揮棒一樣，把手中拿著的鋤頭『雞冠刺』輕輕一擺——乍看之下只是這樣的動作，沒有發生什麼變化。可是幾秒鐘之後，情況產生巨大的變化。響徹雲霄的鼓翅聲往路上搖晃漫步的

『亥』頭頂上衝下去——大量鳥群隨著鼓翅聲『墜了下來』。麻雀、燕子、烏鴉、鴿子、雲雀、鳶鳥、老鷹、蜂鳥、杜鵑等林林總總，種類繁多到令人匪夷所思的鳥群如豪雨般從上空朝著『亥』衝下來。

「『啄殺』——」

庭一邊看著鳥群襲人的情況……一邊看著在這座鬼城附近飛行的鳥聚集起來用尖喙啄食『亥』的肉體、亥的屍體的模樣，一邊低聲說道。「——鳥葬。」就如同祕藥『一騎擋千』是『戌』戰士的壓箱底祕招一般，這招對她來說同樣也是壓箱底的絕活。不過雖說是壓箱寶，這招原本的用途是為了在戰場上『毀屍滅跡』而已。所有戰士都會面臨一個麻煩的問題，『現實和遊戲不一樣，殺死的敵人屍體不會自己消失不見』，可是庭自有妙法可以徹底解決這個煩惱——這不是鳥鈔求飽，而是『讓鳥群進食』。這是一種人鳥之間的互惠關係，命鳥群從上空用『鷹覷鶻望』俯瞰，然後讓牠們進行『鳥葬』。庭定期提供食物給『小鳥們』以換取鳥群提供情報。她隱瞞『鳥葬』這招沒講，單純也只是因為要是被迫處理其他戰士殺死的屍體，對她百害而無一利。即便庭不擅長研擬戰略，她也很明白這招『鳥葬』用來對付『造屍者』非常有用。要指揮鳥群攻擊活人雖然不易，但如果是屍體的話還算得上是『鳥葬』，還是她與『小鳥們』契約的分內範圍——反過來對『行屍走肉』來說則可以說如天敵一般。事實上『亥』的屍身被鳥群襲擊之後沒多久就變成一堆白骨，而這堆白骨又被鳥群銜走——可能是拿去當成築巢的材料了吧。不過雖說『亥』已經是一具屍體，但畢竟是會動的屍體，而且還是精挑細選之後能夠參加十二大戰的戰士屍體。鳥群雖然數量眾多，但畢竟只是一般的禽鳥，『亥』不是白白給鳥群啄殺。雖然『亥』的屍體已經骨肉無存，但附近地上卻散落著幾十隻鳥的屍體。看來『亥』曾經用機關槍反擊，只是槍聲被鳥群鼓翅的聲音掩蓋過去了。而她的機關槍如今也已經無依地掉落在路上……（『亥』戰士的特殊機能好像叫作『花彈如流水』……）這件情報也用不著『戌』告訴她，早在先前她就聽『小鳥們』說過了，不過照現在被打下來的鳥屍數量來看，即便是變成屍體，『亥』還是能夠使出這招『不怕子彈耗盡，機關槍能夠一直不斷掃射』的技能。原本庭還猜想『亥』變成死屍之後應該就沒辦法使用生前的技能了……真是好險。要是太過相信自己已經封頂的能力，急於想要試試剛獲得的力量的話，或許庭現在已經全身被打成蜂窩而死、錯估情勢而死了。（可是小鳥的數量原本就不多，這樣一來就變得更少了。）最理想的狀況是庭操控鳥群監控所有戰士，完全掌握十二大戰的戰況。但這種理想的狀況需要有大量的鳥群。這裡雖然已經變成鬼城，原本仍是一座大都市，鳥類的數量與種類比起郊區都少非常多——現在鳥群的數量又大減了。庭能夠呼喚來的鳥群數量有限。她對『小鳥們』沒有什麼感情可言，就算鳥群代替自己犧牲，她也不覺得有什麼好傷心，但卻會帶來困擾。另外還有一件令她困擾的事情，那就是鳥群完全沒動……完全沒去吃鳥群的屍體就飛走了。這群鳥兒食慾旺盛，基本上應該是不會『留下剩飯』的——（這代表牠們可能已經吃飽了）。所以現在就算庭遇到『巳』的屍體也已經不能使用『鳥葬』，必須得間隔一段時間。（看來現在還是離開比較好……讓小鳥們恢復原本的監視狀態吧）她決定還是不要太貪心，解決一具屍體就夠了，然後離開現場。

2

庭把『亥』的屍身消滅不是別有什麼深意，但當時她沒有過於貪心——也就是放任『亥』的屍體繼續活動，企圖等她和『卯』『巳』兩人會合之後再一網打盡。而是採用穩紮穩打的方式，削弱 RABBIT 的戰力，確實稍微改變了十二大戰之後的局勢演變。因為『造屍者』能夠打造出絕不會背叛的隊伍，確實是一種強大到可怕的技能，甚至有可能一下子就終結十二大戰——『卯』戰士的第一步、剛開始行動就絆了一跤，庭實在居功厥偉。無論『卯』戰士再怎麼危險，如果手下只有『巳』一個人可使喚的話，他也沒辦法貿然涉險出手。像之前刺殺『亥』那樣的偷襲可不是那麼容易就能得逞的——因為交戰場地在大戰起點，『巳』的屍體一開始就躺在那裡，偷襲才能一舉得手。不然『亥』也不會那麼輕易落敗。換句話說『卯』現在也不得不低調一點，觀察情況──『酉』戰士庭取一連串小聰明的行動已經成功讓十二大戰進入完全膠著的狀態了。而要問起在這膠著狀態中誰最有利，答案就是擁有『鷹覷鶻望』能力的庭取本人。因為雖然飛鳥的數量有限，但只要花上一點時間，遲早可以查出其他戰士藏身的地點……只不過這時候有個問題，那就是庭取本人不太了解自己掌握這項有利條件。庭取這名戰士對能力比不上人、經驗不足等所有不利條件都不以為苦，反而善加利用不利條件奮戰──可是卻不太習慣『對自己有利的情況』。要是她發現自身的有利立場，當然也會做出反應，但此時卻有個人彷彿出其不意般向庭取喊了一聲「嗨，大姐姐。」這裡是一間便利商店內，距離先前在某種意義上算是埋葬了『亥』屍首的那條馬路已經隔了很遠。庭取不是因為看鳥群『進食』看到自己也餓了，不過她確實也想該吃點東西果腹。有些戰士認為在戰鬥當中偷吃是一種對戰鬥不敬的行為，可是庭取一旦餓了就無心戰鬥，好在便利商店內的棚架上還擺滿商品。正當她喜孜孜地挑選食物與飲用水的時候，有人出聲叫了她──仔細一看，眼前站著一個年紀大約只有十來歲的少年，就是那個在集合地點一直睡眼惺忪，好像真的半夢半醒的那個少年──十二名戰士其中一人。「哇，哇哇！」庭取急忙擺好架勢，把『雞冠刺』的鋤尖指向對方。那個少年身材纖細，體格實在不能說有多壯碩，現在庭的能力值已經全面提升，和他打肉搏戰應該也行吧？還是說把支援的鳥兒叫來，盡量增加一些『視角』呢？「別這麼緊張……我不想和妳戰鬥。」少年還是用那副慵懶的語氣說話，舉起兩手做出投降的姿勢——但這種姿勢一點也取信不了人。「你、你怎麼知道我在這裡！」「我不知道妳在這裡……我和妳一樣，只是來找東西吃的。」他的意思是說彼此只是無意間遇到嗎？要是知道現在局勢對自己有利，庭也會為了確保自己有利的立場而忍著一餐不吃，不會中途傻傻地跑到便利商店裡來。所以要說兩人是偶然相遇的話也沒錯，只不過這是庭自己不夠小心所造成的偶然。當庭內心正感慚愧，要是自己萬分小心注意應該就能避免這個偶然發生的時候，少年說道：「既然難得遇上了……還是自我介紹一下好了。」

「我是『子』戰士——『群殺』寢住。」

「…………」依照戰士的禮數，這時候庭應該要回應寢住，也報上自己的名號才對，可是因為大驚之下，她竟然忘了要自我介紹。（這個少年原來是『子』……這麼一個小孩）庭先前聽說他們族系相當與眾不同，她利用『鷹覷鶻望』事先進行身家調查的時候也沒查到任何情報……「大姐姐妳又是誰？」聽到對方催促，庭才傻不愣登又慢半拍地報上名號道：「啊，我、我是『酉』戰士，『啄殺』庭取。」少年寢住聽完庭的自我介紹之後，輕哼一聲，毫不客氣的眼神落在她身上，雙眼還帶著睡意。「我想起來了，那時候大姐姐妳有舉手吧？」「那時候……？啊，是啊。」庭都快忘記這件事了，她的確舉了手。「你是說那時候對吧。是啊，那時候我有舉手。」之前當『申』戰士在招募同志的那個時候——庭當初舉手的時候，滿心只懷著之後要背叛的念頭。這麼一想，這個少年當初也有舉手。而且就是因為他最先舉手，之後庭才能順勢舉手。「有、有什麼問題嗎？」「跟我來吧，大姐姐。」子說道。「我帶妳去見『申』。」

3

在寢住的帶領之下，庭又被帶往地下。只不過這次的地下不是她有心就能讓鳥飛進來的地下停車場，而是必須先打開人孔蓋才能進入的下水道裡面。該怎麼說呢，這種躲藏地點真是老套中的老套。可是現在整座城市都已經變成無人鬼城，在某種意義上來說到處都可以躲、到處都可以選的情況下，刻意選擇這種環境實在不能說多好的地方躲藏確實也是一大盲點——至少要不是有人帶路的話，庭自己可能很難發現這處『藏身處』。這裡既然是下水道，當然沒有電力，臭味也相當刺鼻，如果可以的話，庭取實在不想把這種地方當成基地，長時間待在這裡。如果就這層意義上來說，選這個地方藏身果真是眾人意料之外的盲點……「啊，你回來啦，寢住弟弟。找到食物了嗎？唉呀，這個女孩是……」庭原本不只是半疑半信，根本是只疑不信，誰知那個代表『申』的女人真的在這裡，還在地上鋪了一層塑膠墊坐在上面，感覺好像來野餐似的。她那種活潑的開朗氣氛好像會讓人忘記這裡是下水道，而且現在大家正在拚得你死我活。「嗯。」代表『子』的少年只短短點頭應了一聲。「因為我發現她，就把她帶來了。」庭覺得有點不知道該如何是好，『子』的說明太過簡短，這樣根本說明不了什麼。（擅自把人家帶到這種鬼地方……真是傷腦筋。）庭很想這樣抱怨兩句，可是『子』其實並沒有強要帶她過來，反而只是很冷漠地說完就轉身走開，是庭自己主動跟他走的。（不過他的背影還真是毫無防備呢……）『子』的背後門戶洞開，絲毫不設防。庭甚至認為就算自己沒有因為『戌』的祕藥『一騎擋千』功力大增，光是平常條件下說不定也能輕易刺殺得手。就像在起始的廢棄大樓展望室那時候看到他的感覺一樣，寢住的背影完全不像是一名戰士，根本就是一個普通十多歲少年，叫人想不殺也難。（或許就是因為這樣吧……所以我才會一個不小心跟過來。如果這孩子有一點戰士風範的話，說不定我早就已經殺了他。就是因為認為輕易能取他性命才沒下手……只要我有心，隨時都能動手……）所以庭的殺機沒有被引動。殺害『戌』的時候只能趁他放鬆戒心的瞬間機會下手，從這層意義上來看，或許『子』的求生天分比『戌』還更高也說不定。如果有意的話，庭倒也願意給予『子』這樣的評價——不過『子』少年也不理會庭到現在還對自己下不了定論，隨便就往塑膠墊上一躺、雙手在後腦勺握住、兩腳一翹，然後閉上眼睛。「這樣不行喔，寢住弟弟。」代表『申』的女孩語帶責備說道，可是少年似乎嫌她囉嗦，只說道：「我剛才在外面走動很累了。晚安，接下來的事情就交給妳了。」之後再也不多說話——看來他這麼快就已經睡著了。看他這樣，庭想起來有人說過身為一名戰士，『無論置身何處，每次都能安然入睡』是一種重要的素質。不過這句話的意思應該是『能休息的時候就要休息』，而不是說戰士的素質是在戰鬥當中還能不以為意地睡大頭覺。（不過和他說過話之後還是沒想到什麼……之前在哪裡似曾相識的感覺應該是我多心了吧。）

「這孩子真是叫人傷透腦筋。」『申』無奈地說道，然後整個人轉向庭。「不好意思，這孩子應該不是壞人。」「啊，沒關係。嗯……無所謂啦……沒什麼。」「妳是那時候舉手贊同我的人吧。呃，妳認識我嗎？」「我、我只知道妳是『申』戰士……」和當初回答『戌』的時候不同，這是庭的真心話。不光是那個少年『子』，關於『申』的家世也有太多不明之處，就算有『鷹覷鶻望』的調查能力，事前也難以進行調查。雖然『子』態度冷漠、『申』則是親切和藹，雙方個性不同。可是從難以調查的角度來看，庭覺得他們兩人都是『來路不明的詭異人物』。對他們雖然必須保持高度警戒，不過光是警戒也於事無補。這時候就要用膽小但並非弱小、無力但非嬌弱的方式進行。「這樣啊。」代表『申』的女孩嫣然一笑，沒有人會對一個在戰場上要與自己廝殺的對象露出這種表情。她說道：「那就容我自我介紹囉。」

「我是『申』戰士──『和平之殺』砂粒。」

「我是『酉』戰士──『啄殺』庭取。」

庭這次有記得要自我介紹了。不過『和平之殺』啊，聽起來真有點狡辯的感覺。難道一開始她勸大家停戰不是為了組隊的權宜之策，而是當真的嗎？（不對，這怎麼可能……怒突先生先前好像也有相同的誤解，怎麼可能真的有人認為可以靠大家合作突破十二大戰。）庭的內心搖擺不定，一邊懷著這樣的想法，又重新提高警覺心。「原來是庭取小姐。這樣啊，初次見面。」『申』對庭說道，爽朗的語氣聽起來一派天真無邪。「那時候謝謝妳願意贊同我的提案，很高興能像這樣當面和妳說話。」「嗯，是啊……」「那時候雖然大家都分開了，可是後來我又和寢住弟弟會合，然後就依照他的判斷躲藏在這裡。」『申』一邊說，目光望向正在睡覺的少年。原來如此，這種骯髒的下水道確實是老鼠會走的通道。「我一直在想是不是有可能順利再和那時候舉手的戰士會合……幸好一開始就先遇到妳。」「這、這樣啊……我也很高興喔。嗯。」她總不能說那時候舉手是想要早早背叛同志，爭取對自己有利的局勢，只能這樣回答。看起來現在的情況和之前在地下停車場應付『戌』的那時候不一樣。那個咬人戰士一看就知道滿心想要利用庭之後再殺掉她，可是從這個代表『申』的女孩身上完全感覺不出來那種可以說只要是人類就一定會有的壞心眼。她看起來當真打從心裡高興能再見到庭。（那這個人就能殺囉？）要是她真的心地善良、真的希望和平的話，對庭來說就代表輕易就能夠取她性命。不需要像對付『戌』那時候刻意裝扮成傻裡傻氣的小丑角色，想盡辦法讓對方放鬆戒心、對自己不設防。只要直接下手就能殺了她。雖然加上那個少年『子』就是一打二，但是現在的庭能力已經衝到極限——不過這時候『想殺的時候隨時可以殺』的立場又讓庭的心情放鬆，沒有立刻就發動攻擊。『能殺的時候就該把能殺的人殺掉』這應該是戰場上不變的鐵則才對，庭果真不太適應『有利的局勢』。不對，庭真正不習慣的其實不是『有利局勢』，而是像『申』這種表裡如一的人。不管是戰士也好、一般人也罷，她過去從來沒有遇過這樣的人。「我很想找什麼辦法和那時候舉手的人會合啊——」「…………」現在戰鬥都已經開打了，難道她還在思索有什麼方法能夠不傷害任何人，不用戰鬥就能獲得勝利嗎？那時候舉手的戰士是……庭記得除了現在在這裡的『子』與自己，另外還有三個人。『丑』戰士、身材壯碩的巨漢『午』戰士……還有『卯』戰士。（那個『卯』舉手一看就知道是來攪局的，該不會連他都算在內吧？這樣哪算是心地善良，就連我都覺得愚不可及。）可是庭自己那時候舉手也不是因為贊同『申』的意見，『丑』和『午』看起來也很有問題。那個躺在旁邊睡覺的少年『子』也一樣，誰知道他在打什麼主意——就算『申』是真心希望能夠在不戰不殺的情況下決勝負，像這種天方夜譚怎麼可能實現。「庭取小姐，來這裡之前妳有看見誰嗎？現在地面上的情況怎麼樣了？」「……已經有幾個人死了。」雖然沒有必要說實話，不過庭還是不禁回答了。或許她的內心裡懷著惡意，想要挫挫『申』真誠的心、那種天真的理想主義。「光是我知道的，『亥』和『戌』都已經被殺了──加上第一個死掉的『巳』，最少已經有三個人被淘汰了。十二個人當中有三個人……已經占四分之一了。」庭當然沒有說殺死『戌』就是自己。沾在手上的血跡都已經清理乾淨了，應該不會被發現。她之所以穿著暴露的衣服原因無他，就是因為「容易清洗濺到身上的血跡」。「已經這麼多人死了。砂粒小姐，妳的必勝方法還派得上用場嗎？」「可以啊，只是現在還不能公布細節……這樣啊，之後又死了兩個人……真是遺憾。」她的語氣聽起來好像真的很遺憾似的，毫不掩飾自己聽到噩耗之後大受打擊──也不會逞強，裝出不在乎的模樣。「說不定還有其他人已經犧牲，這樣我就必須有動作了……吃飽之後立刻就要行動。妳會和我們一起吃吧，庭取小姐？」「………」『申』邀請庭一起用餐。她看起來是那樣地天真，好像完全沒考慮過可能遭到拒絕。庭取一時之間不知道到底該答應還是直接開打，接著她就──

4

五分鐘後，庭獨自一個人回到地上。她回答一聲不好意思，很客氣地婉拒了一同進餐的邀約，然後便和『申』與『子』告別——不對，那個睡著的少年到最後還是沒有醒來，所以庭在地底下可以說只有和『申』一個人說話而已。（原來那女人是個真正的傻瓜啊，我只要隨意附和她幾句就好了嘛……）可是庭不但推掉『申』的邀約，還說自己不能和她一同行動——（原本那個狠毒又狡猾的我到底去哪裡了？）按照一般的做法，剛才當然應該假裝與他們結夥，拉近彼此關係，然後用『雞冠刺』一插刺死那個滿嘴春秋大夢與一直沒醒的少年。可是庭卻好像被『申』的和平主義給荼毒了一般——自己彷彿反而被那對不懂得懷疑他人的眼眸給刺穿了。「這樣啊，真是可惜。不過要是妳改變主意的話，隨時都可以回來喔。我永遠都會等著妳的。請妳一定要堅持到最後一刻，不要放棄。」『申』這句話雖然哀傷，但卻充滿著溫柔，宛如刺在庭的心頭上，此時仍讓讓她相當難熬。（大概是因為『一騎擋千』的關係……那個祕藥不只提升我的能力，連精神層面也強化了……連我原本愚笨的腦袋都變聰明了。隨隨便便把能力提升到極限，讓我失去我原本的自我。所以才會被那種類似是善意的東西、類似是誠意的東西、根本不存在的東西搞得遍體鱗傷。我真是太傻了。變強之後卻搞得自己神經兮兮的，這下該怎麼辦才好……）

實際上到底是什麼原因讓她變成這樣已經是永遠不解的謎了。庭認為是因為祕藥『一騎擋千』的藥效運行，使得她殘破的心靈暫時獲得修復，喪失了狠毒的自我。這個假設也並非牽強附會，只是在庭仔細檢討這個假設是否正確之前就已經先遭遇到麻煩。要是她有用『鷹覷鶻望』從上空監視周遭的話，其實根本可以避免碰上這個麻煩。「妳一個人嗎？」「！」回頭一看，站在眼前那人——他是十二名戰士當中最有名的人物。十二名戰士當中名聲最響亮的人物、戰士中的戰士『丑』。雖然先前庭在『戌』的面前佯裝一無所知，可是她當然不可能不認識眼前這個人。不必用『鷹覷鶻望』收集情報，在戰場上討生活的人絕對會認識他。（可是說實在，沒有人真的知道他的實力到底有多深——因為和他對上的『敵人』沒有一個活下來。人稱『趕盡殺絕的天才』——）「我剛才問妳是不是一個人，可以回答我嗎？要是妳有同伴的話，可否介紹給我認識認識？啊，這句話的意思是說你們要幾個人一起上都無所謂。」「………」仔細一瞧——那人輕握在手的軍刀以及他身為『丑』戰士的衣服上都染成紅色。那些染紅他衣服的大量鮮血顯然不是他自己的血——而且他和庭不一樣，和硬是把能力值拉到上限的庭不一樣——毫不遮掩身上的血跡。庭還把『戌』濺出來的鮮血擦乾淨，偷偷摸摸掩飾曾經戰鬥過的痕跡。『丑』表現得光明正大，好像在說我根本不需要偽裝，也不需要改變自己。（他身上沾染別人的鮮血——就代表這個男人在和某個人戰鬥。）如果傳聞……不對，如果傳說是真的，和他戰鬥的人現在已經死了。「你、你不是尊崇和平主義嗎？」「妳說的應該是那個女孩『申』吧？那時候組隊確實還有意義，可是當所有人各自離散的時候，組隊的意義就已經蕩然無存——和平解決的計畫已經失敗了。嗯？妳沒頭沒腦地提起這件事，該不會那個女孩『申』就在附近吧？」他的腦袋真靈光——根本不需要下藥強化。聽到『丑』這麼說，庭大吃一驚，『雞冠刺』直指向『丑』。「喔？看不出來妳是這種人……妳這態度是想挺身為了保護『申』而戰嗎？這個意思是『想要過去的話，先打倒我再說』嗎？勸妳還是算了吧。這樣的動機是不會讓妳變強的，這不是妳的正道，而是屬於他人的正道。妳應該只為了自己而戰才對。」『丑』的口氣聽起來只是陳述內心的想法而已，庭也完全同意這番話，但她還是不得不報上名號。

「我是『酉』戰士——『啄殺』庭取。」

「我是『丑』戰士——『為殺而殺』失井。」

勝負一瞬間就分曉了。不對，時間短到就連眨眼都來不及——還來不及閉上眼睛，『丑』手中軍刀就迅速刺了兩下，幾乎同時準確無比地刺穿了庭取的雙眼。面對最精純的強大武力，用藥提升過的能力以及不符合自我風格的戰鬥動機全都無用武之地。當庭正眼對上『丑』的那時候，她的命運就已經走到盡頭了。（強、強得莫名其妙。）『酉』戰士就這樣敗給了這名不需要藉助技術、戰略、謊言、謀略、變化與強化，甚至就連狀況環境都不需要的天才——面對絕對強勢，什麼狠毒狡詐都沒有任何意義。（唉……不過我大概就是這樣了吧）雖然意外以這種有點像是『好人』的方式死去，庭當然不覺得滿意。可是在武功精熟的戰士刀下死得不痛不苦，或許是她這段人生當中最大的幸福了。（過去謝謝你們了，大家差不多應該餓了吧。）她用最後即將消滅的意識在心裡想道：（我的屍體……可以給你們享用喔，小鳥們。）

（○丑——●酉）

（第三戰——終）

第四戰

猴子也會跌下樹

砂粒◇『想要和平』

本名柚木美咲，七月七日出生。身高一五〇公分，體重四十公斤。她出生於某座靈山，在名為水猴、石猴、氣猴的三位仙人指導之下學習如何當一名戰士，能夠隨意操縱液體、固體與氣體，本來具有相當強的戰鬥能力，可是她從不曾用自己學到的仙術傷人，而是自願選擇走上一條相當矛盾的人生道路，成為崇尚和平主義的戰士。過去她曾經讓三一四戰爭與二二九內亂以和解的結局落幕，使用的武器就是停戰調解與和平方案。因為她不是以『打倒敵人』這種具體顯見的形式立下功勞，所以身為戰士的知名度很低，不過道上中人都清楚她是一位稀世英雄。這樣一個了不起的人在私生活卻是個平凡的女孩子，興趣是製作甜點。因為自己作的甜點實在太好吃，所以忍不住就會吃太多。和同居中的男友已經交往五年，正在考慮差不多要步上紅毯了。

1

「那個看起來很火辣……不對，看起來很膽小的姐姐現在可能已經死了吧。」少年『子』不知何時已經醒來，一開口就這麼說，所以砂粒也暫時停止進食，然後柔柔地問道：「為什麼你會這麼想呢？寢住弟弟。難道說這是你身為戰士的才能嗎？」「算不上什麼才能……這種事用膝蓋想就知道了。」少年橫躺著，懶洋洋地回答。「不過怎麼說呢，老鼠是一種會從快沉掉的船裡逃走的動物……或許我能從別人身上看到死氣吧。」「…………」「不過如果——」他又繼續說道，言詞中感覺不到一絲情感，頂多讓人感覺他滿滿的睡意，好像很想再睡回籠覺似的。「——她死掉的話，都是因為妳的關係喔。砂粒姐姐。」「……為什麼你會這麼想呢？」「那個姐姐看上去好像沒什麼本事，但她好歹也是一名戰士——應該有足夠的資格能夠在十二大戰中生存下來。可是就在和妳說話的時候，那個姐姐變得愈來愈弱——變成一個只剩下軟弱的戰士、軟趴趴的戰士了。應該是因為她被妳的『善意』感化了吧……她那樣就連一般人都能要她的命。妳的善良對壞蛋來說可是一種劇毒啊。」聽到『子』這麼說，砂粒心裡一陣狐疑。（這孩子到底是什麼時候醒來的？那時候他絕對已經睡著了啊……）雖然兩人在十二大戰開打之後沒多久就像這樣一起行動，但是這個少年幾乎不曾敞開心胸，根本沒說過幾句話，也從不表達意見，可是今天卻主動對砂說話了。在他的內心裡究竟產生什麼樣的變化？（……不過）「呃，寢住弟弟。你該不會是在對我挑釁吧？不好意思喔，我對這種事情不是很敏銳。」「……是嗎。那就別談這件事了吧。畢竟我雖然看得見別人的死氣，但是看不見別人的思緒——我絕對不會受妳感化的，所以妳可以不用擔心。」砂粒還是不了解他在說什麼。她很高興看到『子』願意多說話，但要是雙方無法互相表達意見的話，這種對話就等於毫無意義的隨口哈啦一樣。「可是實際上真的沒問題嗎？說實在的，要是那個姐姐死掉的話，光是我們知道的就已經有四名戰士死了……所有人的三分之一。死這麼多人，妳的必勝法門還有效嗎？」「有效啊。能夠拯救的人數變少是很令人遺憾……不過你好像有點誤會了，所以我還是先說清楚，我所想的必勝法門不是只有一招喔。」「是這樣嗎！」「我可沒有那麼樂觀，認為只靠一個計畫就能讓十二大戰停戰。我啊，必須視情況的變化一直改變和平方案的內容才行。」少年點點頭。「反正我也沒想過要阻止戰鬥，這件事就交給姐姐妳了。」「欸，寢住弟弟。」「怎樣？」「你應該不是想要阻止戰鬥發生對不對——而且剛才你又說不會被我感化。不過雖然不很熱衷，但你還是對我的和平方案表示贊同，這是為什麼呢？你又不是崇尚和平主義。」「如果是停戰罷鬥的話我還不排斥，不過其實我反而不喜歡和平。」砂粒問這個問題是因為她認為現在正是機會可以問，本來也不指望『子』會回答。可是不知道哪裡勾動了他的內心，沒想到他倒是很乾脆就回答了。「我沒有上戰場的時候都在高中學校念書，可是學校裡盡是一群過慣了好日子、不懂得現實殘酷的人渣。一想到自己拚上性命就是為了保護這群人渣的生活，我就打從心裡感到厭煩。」「……………」「妳不會感到厭煩嗎？現在這世上大概找不到第二個像妳這樣救過那麼多民眾的人——可是那也代表妳救了一定比例的人渣。不對，應該說人受到幫助之後反而會變成人渣。他們會認為戰鬥與廝殺是別人該做的工作，認為像我們這些戰士是自願高興上戰場的——我不太想說這種話，不過當真是保護愈多人就愈想殺人。」「……………」「教教我吧，和平主義者。這方面的問題妳到底是如何求得內心平衡的？」砂認為『子』的煩惱多愁善感，就像一般十幾歲少年一樣。要是一口就說他這種多愁善感只是一種幼稚的心理或是只要長大成人就會了解，這種回答當然很簡單，可是事實上也有很多人懷抱著他這種感性長大成人。因此砂所能做的就只是老實回答問題而已。「沒辦法求得什麼內心平衡，一輩子都會這樣煩惱下去。」「……原來如此，如果是聖人的回答，這種說法無懈可擊。但是凡人聽不懂這套。」少年說著，終於起身。雖然他說『聽不懂』，可是砂的這番話說不定已經稍微打動少年頑固的心靈——至少讓他動了動上半身。「話說回來，妳應該很厲害吧？」「嗯……當然懂得一點護身功夫，要不然可沒辦法在戰場上走動。」「別客氣了……那時候把房間地板打碎的人不是別人，應該就是妳吧？」唉呀，被他看穿了嗎——這個少年果然不同凡響。「我其實沒有打算要隱瞞——不對，或許還是有吧，因為其他人會用你這種眼神看我。」「我不是要指責妳，我是天生眼神就很壞……別放在心上。反正妳一定是隱約感覺到某個人的氣息，見妳招募同盟快要成功就打算搶先出手。為了保護在場的所有人，所以妳才會打碎地板，讓同盟計畫泡湯。是不是這樣？」幾乎完全說對了。如果要補充的話，砂感覺到的不是『某人的氣息』這種曖昧不明的東西——而是清楚察覺到『某人的殺氣』。就如同她希望在那時候速速讓十二大戰結束一樣，另外也有一名戰士在那時候想要用完全不同的方式讓十二大戰結束。要是砂下判斷的時間稍微晚一剎那，搞不好十二大戰現在真的已經結束了。「喔，原來妳不曉得是誰的殺氣啊？」「不曉得，因為我根本沒有時間去找——光是逃跑，光是讓所有人逃跑就已經很勉強了。」「我說妳不用那麼客氣了……就算那個當下，只要妳有意的話……也就是說不是逃跑，而是正面迎戰那股殺氣的話，妳早就已經查出對方的身分，而且把他打倒了吧？」「……我不會說不能，可是我不會把力量用在這種地方。我認為龐大的力量應該有正當合適的用途喔，寢住弟弟。」「正當的用途嗎？我倒覺得那個殺氣騰騰的人比較正確。比起妳那種讓人打呵欠的和平方案，那個人或許三兩下就能讓這場十二大戰終結也說不定——妳會花時間進行和平交涉，向別人建議停戰，可是妳不認為利用那股龐大的力量讓戰爭瞬間結束的話，就結果來看能夠拯救更多人的性命嗎？」「……這是什麼意思？」「我是說……妳的話或許是個例外……可是包括我在內，會來參加十二大戰的戰士有什麼理由值得妳花費這麼大的心力保護他們的性命？這些人不管是誰，都是一些早早死了才是為國為民的傢伙。說什麼不管是誰的性命都一樣重要……什麼沒有人一出生就是壞人……只有沒認清現實的人才會說這種冠冕堂皇的好聽話。」「寢住弟弟，如果這就是你的結論，那我勸你還是現在立刻放棄戰士的身分比較好，因為你根本沒有資格上戰場。」砂沒想到自己竟然說出這麼重的話。（嗯……難道我受到他的挑撥了嗎？）雖然隱隱察覺，但砂粒還是繼續說下去：「寢住弟弟，剛才你說這世上大概找不到第二個像我救過那麼多民眾的人，但如果要這樣說的話，這世上可能也找不到像我這樣無能拯救民眾的人啊。有很多人我想救卻救不到，多到數不清，多到我忘也忘不掉。」「…………」「我看過很多國家滅亡，看過許多殘忍無道的虐殺行為。我也看過很多打著正義旗號的野蠻行為，多到深深烙印在腦海裡。我看過獵殺人類的行為、看過奴隸制度、看過同伴內訌、看過不人道的武器、看過人口買賣、看過拋棄父母、看過弒親、看過殺子、看過打壓文明、看過大量破壞遺產、看過資源枯竭、看過歧視與偏見、看過復仇與反擊、看過男尊女卑、看過飢餓疾病。我一直看、一直看、一直看、一直看、一直看、一直看、一直看、一直看、一直看、一直看、一直看、一直看、一直看、一直看。我看過這些現實，但還是要說冠冕堂皇的好聽話、選擇現在這種做事方法。我不是要憑著話語的力量結束戰爭，而是選擇停止戰爭。我自己也好幾次遭遇到意外，但我還是想要和大家和平相處，想要和大家一起享受幸福。」砂粒的語氣無比溫柔，說道：「可別瞧不起冠冕堂皇的好聽話，小弟弟。」

2

少年又沉默不語了——正確來說他又睡著了。他應該不是聽到砂出言反駁而鬧脾氣才對，（話可能說得太重了。）砂粒反省自己剛才的行為。要應付小孩子果然不容易，而且兩人相處在一起，鬧成這樣也尷尬——雖然砂把話說得很好聽，而且又被人稱為英雄，可是就連一個小孩子都沒辦法好好溝通，這實在是太窩囊了。（這代表我也還不夠成熟吧）那麼幼稚的人就用幼稚的方式好好思考——思考接下來該怎麼辦。她本來想等大家都各自落腳之後重新提出和平方案，但要是相信『酉』所說地上的情況——這時候砂完全沒想過要懷疑『酉』說的話——看來十二大戰進行的情況比想像中還快。已經有三個人犧牲，如果也採信『子』的推測——因為這只是他的推測，有言道不可妄下斷言，或者說還有一些合理的疑點待釐清——就連『酉』也已經歸西了。除了在這裡的『子』與『申』之外，剩下的戰士最多只剩下六個人。（這麼想可能又有人要說我太天真了——沒想到有這麼多戰士這麼主動積極互相廝殺。雖然主辦單位說『能夠實現任何願望』，但人生在世，留得青山在不怕沒柴燒。再說這些人光憑自己的才能，有什麼願望不能實現，根本不需要把願望賭在這種大戰當中）比方說根據『酉』臨別前提供的情報，『卯』戰士的技能是『造屍者』，能夠帶領屍體一起戰鬥——可是既然他身懷這種絕技，應該沒有什麼私人願望實現不了吧。到底為什麼要冒著生命危險戰鬥……不過這場大戰只要被選上就得被迫參加，根本不容分說。但就算沒得選擇，參加戰鬥應該還是有積極與消極之分才對。就是因為這樣，所以主辦單位才會要參加的人吞寶石之類的，想辦法讓大戰能夠順利進行——如果進行速度這麼快的話，根本不需要主辦單位絞盡腦汁想辦法了嘛。（看來必須下定決心了……要再觀察一下呢，還是到地上去。實在讓人很猶豫啊——嗯？）

這個決定令人躊躇，不過幸好不用煩惱猶豫了——不對，是沒機會讓她猶豫了。不知從哪裡傳來一道聲音。雖然這裡是狹窄的下水道，撇開這個原因，這道聲音還是大到令人提高警覺。因為有回音的關係，聽不太出來是什麼東西發出的聲音，可是確實有『什麼東西』往這裡靠近了——「寢住弟弟，快起來！」「唔……我再睡五分鐘……」砂在他背上狠踹一腳，把他踹醒。「很痛耶……妳不是反對暴力嗎……」『子』一邊說一邊撐起身子。「唔……這是什麼聲音？是直升機還是什麼東西嗎？」直升機怎麼可能跑到下水道裡，不過用直升機來形容確實最貼切。那是一種無情撕裂空氣的聲音——被劃開的空氣又被扯得七零八落。『聲音』與『聲音』之間互相影響——也就是說正在靠近這裡的『什麼東西』不只一個嗎？砂只能夠推測這麼多，因為那個答案比她的思考速度還快，在她還沒想出來之前就已經來到他們的所在位置了——不過就算有足夠的時間，也不知道砂是不是能夠想像出眼前這異樣的景象。砂看遍世界各地的戰場，但還是頭一回看見這種東西。

『聲音』的真面目是『鼓翅聲』，是大量鳥群拍動翅膀的聲音——不對，應該是大量鳥群『屍體』拍動翅膀的聲音。

許多種不同的鳥類『屍體』成群結隊飛進下水道裡來——然後牠們彷彿一眼就盯上了砂以及少年『子』一般，在原地盤旋飛舞。「這……是『造屍者』？」砂也很不簡單，驚愕之餘還能立刻聯想到這一點。「操、操控鳥的屍體……？」砂幾乎對地上的情況一無所知，當然也沒辦法了解更多。不消說，這些鳥就是『酉』戰士先前指揮的鳥群。『酉』戰士用她的密技『鳥葬』命令鳥群攻擊『亥』屍體的時候，『亥』用兩挺機關槍『愛終』與『命戀』施展『花彈如流水』反擊，而這些就是被反擊的子彈射穿、喪命、墜地的鳥兒。此時最要緊一點的是殺死這些鳥的雖然是『亥』的槍彈，但當時『亥』已經在『造屍者』『卯』戰士控制之下。『造屍者』能夠讓自己殺死的對象成為部下——所謂的對象不僅限於人類，而且就連手下屍體所殺死的屍體同樣也會成為他控制的棋子。『控制』——依照『卯』自己的說法就是『成為朋友』。不管用哪種說法，可以確定的是在『亥』被吃光之前擊落的幾十隻『小鳥們』如今已經不再是已故『酉』戰士的眷屬，而是可怕『造屍者』的眷屬了。「…………！」看到這群鳥傷口還不斷灑出血滴，一邊還用傷殘的翅膀在原地飛旋，砂簡直說不出話來。她之所以驚愕不是看見那些鳥用缺損的鳥喙對著自己，也不為那些殘破之後更形尖銳的爪子——而是看到有人用這種方式利用動物的屍骸與生物的尊嚴而驚愕。（理論上我也了解——雖然一般的鳥兒不能用，但要是鳥兒的『屍體』，就算是下水道也能安心派牠們進來『探路』。可是這畢竟只是理論上——）該怎麼說呢，這種戰略一板一眼，完全冷血無情。就好比『把這東西這樣搞之後就會變成這樣，所以就這麼做吧』，感覺不到任何人心溫暖——乾枯無味的戰略。「情況不妙啊，砂粒。」『子』說道。就算在這樣危急時刻，他的聲音聽起來還是一樣慵懶——但是因為臉上的表情非常認真，看來他的聲音生來就是這樣懶懶的。「數量太多了，就算不至於落敗，但是在這麼狹小的地方和那麼多小動物交手，不可能一點傷都沒有——要是在這種髒兮兮的下水道受傷，非常有可能會得破傷風喔。」「…………」砂明白這一點。因為她之所以贊成把這裡當作藏身地點，其中一個原因就是因為這個。因為下水道不適合戰鬥，在某種意義上算是中立地帶——可是如果對手是『死屍』，這種精神上的抑制因素完全只是陷己於不利而已。「我們逃跑吧。」話還沒說完，砂就粗暴地一把抓住少年的脖子，拔腿就跑——那群死鳥沒有馬上追過來。牠們終究只是『死屍』，所以移動速度好像不快。可是就算牠們飛不快，繼續待在地底下還是一樣危險。「不要這樣抓我，我自己會跑啦。」不曉得是不是因為害臊的關係，『子』這麼說道。不過砂不予理會，一口氣爬上梯子，把人孔蓋往上推，爬出地面上——就在她剛出來的時候，一把利刃破風襲來。『呼！』砂事先早就已經料到，所以及時反應。她在千鈞一髮之際閃過刀刃，同時往對方的脖子踢出一腳——可是對方也是千鈞一髮之際躲過砂的小腿。不對，照理來說，砂的小腿本來會重擊在對方的脖子上。雖然砂以崇尚和平主義聞名，可是她也精於格鬥技巧。只要是她看準的目標，就算閉著眼睛也不會打歪。可是照理說應該要有頭的位置如果沒有頭顱的話，對著脖子踢出去的腳當然也踢不到東西——只能破空而過而已。（這也是死屍——『巳』戰士——可是他使用的刀是——）砂和少年『子』一同在水泥地上翻滾，心裡一邊分析，然後重新站穩姿勢。「痛死人了……」『子』還在呻吟的時候，砂轉向正面，眼前站著『巳』戰士的無頭屍身，在屍體旁還站著一個眼神詭異、形貌詭異的男子——『卯』戰士。比起『巳』的死屍，而且還是無頭的死屍，站在旁邊的『卯』戰士渾身的詭異氣息更加強烈。他控制的玩偶『巳』用搖搖晃晃的手把掌中的大刀交還給『卯』——取回大刀的『卯』手中提著兩柄兵刃。

「我是『卯』的戰士——『殺得異常』憂城。」

『卯』戰士也不多言，就這樣單方面報上名號。現在這個情況顯然沒辦法討論停戰的事情，不只是情況不允許，顯然他現在的狀態也沒辦法與之討論停戰事宜。（沒辦法了……）「寢住弟弟，『巳』交給你應付可以嗎？」「……怎麼，妳要打啊。」「我雖然崇尚和平主義，但可不是不抵抗主義。我會盡量在不傷人的情況下制伏他，然後讓他回心轉意。」「在不傷人的情況下制伏他……這比直接打倒他還難吧……真是的，妳怎麼每次都這樣。」「什麼每次都這樣？」「我說的每次是指無論何時的意思，我知道了啦。」『子』這麼說，然後站起身來。砂不知道他的實力高下，而且又是一個小孩，但戰士總歸還是戰士，至少不會被戰士的屍身秒殺吧。就算打不贏，只要暫時把『巳』拖住就好了——砂會在這段時間奪走『卯』的戰力。（話雖如此，要怎麼做才能讓『造屍者』癱瘓呢……）光是搶下那兩柄兵刃應該還不算剝奪他的戰力吧……無論如何『申』與『子』如交錯般各自進入戰鬥狀態。

「我是『申』戰士——『和平之殺』砂粒。」

「我是『子』戰士——『群殺』寢住。」

令人意想不到的，四人當中最初有動作的是行動最遲緩的『巳』——『巳』的屍體。而且他作勢有意要離開現場——看來對方也想要營造一打一的局勢，而不是四人混戰。『子』察覺對方的意圖，跟著追上去。砂一邊目送他離開，明知徒勞但還是開口說道：「那時候你也舉手贊成了吧？現在也來得及，要不要和我們合作呢？我之前也說過了，有辦法可以讓所有人都保住性命喔。如果你願意改頭換面，聽我說的話——」「……………」他有在聽嗎？不知道。從表情上來看完全看不出他內心的感情。「如果你有『一個願望』想要在獲勝之後實現的話——我也願意一起幫你實現願望。只要大家一起懷抱夢想的話，沒有什麼願望實現不了——」「……………」因為『卯』一點反應都沒有，就連砂都覺得莫名其妙。不過之後她馬上就知道『卯』只是沒在聽她說話而已——人孔蓋打開之後沒蓋回去真是失算。鳥群從人孔中泉湧而出。（他沒有在聽我說話，只是在等地底下的援兵出來嗎——他也不是想要營造出單挑的局勢，單純只是想要分散我們的戰力……）砂完全感覺不到『卯』藏有什麼打算或是深思熟慮，他擬定計畫就像是堆積木一樣……說如機械一般也不盡然，就像是操縱西洋棋的棋子一樣——不對，根本不是西洋棋，而是黑白棋的棋子。他研擬計畫的方法毫無人性的要素，每一個棋子本身沒有任何差異，重要的只是棋子的位置而已。砂過去曾經和各種不同的人物交涉，但此時她才覺得自己好像和一個有如外星人般文化差異迴然不同的人交涉。「憂城先生，你的願望——」不過砂還是不放棄，而且毫不畏懼，繼續說話。但她的聲音完全被鼓翅聲掩蓋過去——大量的鳥群不由分說向她襲來。雖然這裡的環境比下水道還好些，但被野生動物的爪牙所傷還是很危險。

（啊啊，真是——沒辦法了！）

砂粒打定主意，出手把四面八方衝過來的飛鳥屍骸拍落。旁人看起來她好像只是胡亂揮手而已，但實際上她每一個動作都確實把那些不是不死鳥的死鳥一隻隻打落在地上——當中也有些動作揮空，不過揮空的動作全都是假動作，用來限制或者引誘死屍的行動。就算有些尖喙如飛彈般從背後攻來，她也沒有回頭，精準地擊落鳥隻——而且砂不只是把鳥屍打下來而已。每打下一隻鳥，她都不忘要折斷翅膀的骨骼，讓這些鳥屍再也飛不起來。砂認為『卯』戰士的戰鬥方式很不人道，但她自己的戰鬥方法同樣也非凡人所能辦到——就算在下水道當中，她同樣也能這樣戰鬥吧。只是那時候因為身旁帶著一個孩子，所以選擇小心為上而已。雖然砂用手刀一一擊退鳥屍，宛如古裝劇的武打場景或是某種表演一般，但其實她於心頗為不安。（雖然已經是死屍，但攻擊小動物感覺果然很不舒服）或者這也是『卯』的目的嗎？先派遣鳥屍攻擊，是為了讓砂心神耗弱嗎？就在砂把鳥群幾乎解決掉，稍稍放下心之後，『卯』真正的殺招隨即不要命似地攻來。他壓低姿勢，想要用大刀把砂的身軀一刀兩段。（啊，那一帶應該是胃部吧……）這個人當真是冷酷至極——宛如只把敵手的身體看作是盛裝寶石的袋子一般。（這種心智真是危險——不過最重要的是武功，他還不算高竿）不只不甚高竿，要是只看武功的話，『卯』揮刀的方式根本有如一般外行人。當砂從人孔蓋出來，他讓『巳』逕行偷襲不只是要避免遭到反擊，看來另一個原因也是因為自己本事不佳。（『造屍者』本來就不需要懂得用刀嘛——不過多虧如此，我才能撿回一條命）先前砂的心神多少受到一些震撼，要是有如『丑』那樣高超的劍技隨之襲殺而來，饒是她本事高超也是驚險萬分。砂一邊這樣心想，一邊高高躍起，跳過橫劈而來的兩口大刀——不，她不只是跳過利刃而已，還從身材高眺的『卯』頭頂上跳過，占據他背後的空門。不光是用刀技術，從驅策進退、身體運動方面來看，也看得出來『卯』並不長於體能戰技。他應該沒辦法像砂那樣做到高難度的技巧，應付來自背後的攻擊——他不會有機會回頭。砂一邊這樣心想，動手想要壓制對手。讓對方失去戰鬥力、制伏他——接下來之後再進行交涉。她的頭腦已經想到這麼多了，可是——

「噗滋。」

這是砂第一次聽見『卯』的聲音，然後在自己的體內也有兩道第一次體會到的感觸——讓她停下了轉身的動作。「咦……」雖然根本用不著確認是什麼東西刺進來……她還是忍不住去看，可是看了之後又覺得深感後悔——兩把利刃已經深深刺在自己纖細的身軀上，無可救藥了。與其說是利刃刺體，看起來更像是身上長出兩段刀柄似的。『卯』戰士頭也不回，只翻轉手腕，把兩柄大刀送入砂的體內。左右兩邊肺部都被左右兩柄大刀刺破——即便頭腦已經停止思考，砂也很明白，這是嚴重的致命傷。無論是因為窒息而死在先或是失血過多而死，總之已經逃不了死亡的命運。（為、為什麼他突然、會使出這種、如高手般的技巧……）雖然沒能如『卯』先前看準一般刺中毒寶石所在的胃部——可是、即便如此，這招實在太漂亮了。難道『卯』只是佯裝武功低下，騙過了砂嗎？難道是假動作？不，要是那些攻擊都是假扮出來的，那他根本不該成為戰士，應該去當演員才對。那麼又是為什麼——砂渾身喪失力氣，身子軟趴趴地癱了下來，只是被刺中肺部的利刃撐著，所以她的上半身向後翻倒，也因此知道了問題的答案為何。距離他們兩人交戰的地點稍遠處種著一棵路樹，樹上宛如長出一顆碩大的果實般——吊掛著一顆首級。砂認得那顆人頭……那也難怪，因為所有人在十二大戰的起點處都看過那顆人頭，也就是『巳』的頭顱。（對了……和寢住弟弟一起離開這裡的只是『無頭屍體』）砂完全疏忽，沒有想到頭顱、無身的屍體在哪裡。不對，身軀姑且不論，只有頭顱的屍體本來應該也沒辦法有什麼作為——但這個男人居然把頭顱掛在樹枝下，當作監視器般使用，用來為了保護自己背後的空門——保護自身。

「有個同伴能夠依靠真是不錯。真的、真的很棒。」『卯』頭也不回地說道。「沒事的，別擔心。我只會要妳的命而已——交出性命，然後妳也當我的朋友吧。打從第一次見面起，我就一直很喜歡妳了。」

3

當砂粒在起點招募夥伴，憂城舉手回應的時候，沒有一個人想到他是真心的——就連崇尚和平主義的砂粒都不算是全然相信他的真正想法。可是光就想要和『申』當夥伴這一點來說，他是異常誠實的。就這樣，RABBIT一派又多了新成員加入——那是喪失了如生命般重要的和平主義，一代英雄的屍骸。

（○卯——●申）

（第四戰——終）

第五戰

披著羊皮的狼

必爺◇『想要獲得時間』

本名辻家純宴，八月八日出生。身高一四〇公分，體重四十公斤。他原先是一名販賣武器的商人，在戰場上出入只是為了做生意而已，可是因為好幾次被戰禍波及，漸漸打響他戰士的名號，原先和他買武器的客戶最後看上辻家而招他為贅婿。一邊四處兜售武器，一邊不斷與敵人戰鬥的時光如今已成了過去，這陣子他已經久未出現在前線地帶，可是因為心愛的孫子可能會被選為這次十二大戰的參賽者，於是他便自告奮勇。這是他第二次參加十二大戰，因此在上次參加第九屆十二大戰的時候當然獲得了最後的勝利。（順帶一提，當時實現的願望是『想要抱孫子』）當初還在戰場上活躍的時候，使用大型軍火大顯身手、大逞威風，可是近來特別偏好手榴彈。特別是由本人坐鎮指揮製造的投擲手榴彈『ＬＫＫ』，他自認不僅僅是一種武器，更已達到堪稱為藝術品的境界。老雖老矣，但最近愛上玩手機遊戲，分數之高常常在有名ＡＰＰ當中衝頂，在手機遊戲的世界裡也被玩家尊稱為老當益壯的『戰士』。

1

（如果要以整體戰力幫這次為了參戰而聚集的十二位戰士排名，老夫怎麼看應該都排在十位之後吧）『未』戰士必爺心想。（年輕本身就是一種力量了——人實在不能老啊）不，這應該不光只是年齡的問題而已。世代交替、物換星移，戰術戰略都已經有了多樣化的發展。當必在起點那個觀景室依序觀察其餘十一名戰士的時候，發現有好幾名戰士是從前根本沒有的類型，也已經超出他的理解範圍。可是對他們自己來說，這根本沒什麼異樣或奇怪吧。只要仔細一想就知道，是必自己已經變『舊』，成為戰士當中的舊世代，所以才會被現在已經演變進化的戰士甩在後頭。不過必對這件事並非抱持負面態度，如果對他來說，那些人看起來很神祕的話，那麼對那些人來說自己也一樣神祕；要是它們有自己沒有的優勢，那麼自己也一定有他們沒有的優勢。（雖然數不勝數，不過要舉最有利的優勢應當就是『經驗』吧——）如果十二個人當中拯救過最多人的是『申』，那麼十二人當中見識過最多戰場的肯定就是必了。回想起過去種種出生入死的經驗，這次十二大戰的規則還真是太簡單，簡單到他都想向主辦單位說教了。從這一點也能清楚感覺得到時代已經改變——（都什麼時代了，老夫也不想講些陳腔濫調，說什麼『還是以前好』……要比的話當然是現在比較好。因為有戰士們的努力，這世上才能多少變得和平一些）只要有人類存在，戰火就不會消弭，所以戰士永遠不會失業。可是現在就算找遍世界各地，恐怕也找不到當初必還在最前線戰鬥，或者說做生意那時候堆滿屍山血河的『戰場』了。這樣一想，心裡多少有幾分寂寥。活得久了，不只能感覺到環境改變，還可以用俯瞰的角度觀看時代——這也是在這次的十二大戰中，除了必之外其他人都沒有的優勢。

在這場情報勝於一切的十二大戰當中，必認得除了自己以外的其他十一名戰士。哪位戰士出自哪個家族，全都一清二楚。不，正確來說應該是認識十個人，可是知道這麼多人的話，接下來用消去法就能特定出來——關於那個直到最後底細情報仍然不齊全的『子』戰士，應該是因為他太年輕了吧。（最近才當上戰士的菜鳥本來就沒什麼履歷或是戰績）即便是那些已經認識的戰士，必今天也實際親眼觀察，仔細地調整、更新情報。（這次的參戰者當中有三位絕對堪稱頂尖、當代一流的戰士……『申』戰士砂粒、『卯』戰士憂城，還有『丑』戰士失井。如果找來十二個人，當中必然也會有人的才能特別出眾……可是三個人就未免太多了些）這是偶然嗎？還是運氣？或是說有某人意圖的介入——不管原因為何，千萬不能直接和那三個人對上。（老夫這把皮包骨的老骨頭，恐怕他們輕輕吹一口氣就散了吧……可是從另外一個角度來看，要是能讓那三個人互相消耗的話，就算像老夫這樣無力的老戰士也有很大的機會可以獲勝）根據必爺的鑑定，把個性的因素考慮進去的話，實力最強的莫過於『丑』了——因為個性很危險，所以『卯』排第二，而『申』崇尚和平主義，所以應該名列第三吧。如果排除個人性格的話，『申』應該就會躍升為第一。可是那位英雄不可能放棄和平主義，做這種假設也沒什麼意義。（第四名是出身上次大戰冠軍家族的『亥』……第五與第六位感覺應該由屬於肉搏戰類型的『午』與『戌』去分。七、八位則是『辰』、『巳』兩兄弟……可是這也是他們兩人一組搭配的情況下。『巳』一開始就喪命，所以『辰』的排名必然也會下跌——『酉』就排第九吧。）在最初那個起點和必一樣仔細觀察其他戰士的人就只有那個女孩而已。她不只了解自己的戰力不足，還打算把自己的弱小當成武器——她不放棄努力，不讓自己的弱小成為失敗的理由，試圖扭轉成獲勝的要素。（她本人可能會把自己評價成第十二名——唉呀唉呀。假如把老夫自己擺在第十位，算得上確定比老夫弱的戰士就是『子』和『寅』……其中『寅』更是弱到不行，不曉得這麼弱的人怎麼會出現在這種場合）要說『子』年輕，可是他的年紀實在太小，饒是必的人生經驗豐富，竟也有難以測度之處，所以對他抱持著幾分戒心。可是『寅』的功力之差根本可以用紙老虎形容。當然，既然她有資格參加十二大戰，應該就具備『某種特性』。可是必敢斷言，不管她有什麼特性恐怕都不足為懼。與其關注排名低於自己的人，倒不如多關注那些上位者——該如何才能打倒那九個『優於自己』的人，也就是要如何才能彌補自己與那些男女之間的落差。（靠經驗……以及從經驗得來的知識。如果老夫還有另外一項優勢……就是這個了吧）必爺的手裡把玩著一顆黑黝黝的寶石，就是那顆當時他沒吞下肚的劇毒寶石『獸石』。

2

年輕就代表初生之犢不畏虎，而且也代表不懂得懷疑。人家說拿寶石就拿寶石、人家說吃下去就吃下去──如果這就是膽魄或是氣度的話，那必老早之前就已經把這些東西棄如敝屣了。他明白活著就是要小心謹慎，生存就是要避免涉險。而活著才是真正的勝利。雖然必不是什麼毒物專家，不曉得這顆寶石究竟是什麼玩意兒。可是就是因為他不知道，從拿取寶石的時候他就讓其他戰士先拿，挑選最後一顆。而且當那個頭頂絲帽的裁判杜碟凱普要眾人把寶石吞下去的時候，他也根本沒照辦。『辰』戰士連弟弟的那顆寶石都拿走的時候，杜碟凱普對他這麼說道：『但是請您只能「吞食」一顆下去』。必就是根據這句話判斷這顆寶石是一種危險物質。所以他只是作勢吞下，然後把毒寶石偷偷藏進懷中。『酉』戰士的『鷹覷鶻望』或是『鳥葬』是藉助『小鳥們』的幫助，而嚴格說起來那群鳥算是『局外者』，所以她的技巧是踩在灰色地帶上，從不同的角度來解釋可能有違規之嫌。不過必偷藏寶石的行為可不只是有違規之嫌而已，完全就是違反規則。這和『戌』戰士把寶石在體內解毒是兩回事。要是當時有人發現的話，他立刻就會淘汰出局——可是反過來說，必根據自己的人生經驗判斷，如果乖乖聽話把寶石吞下去，要承擔的風險比當場淘汰的風險更大。（如果真要說的話，寶石切割得看起來很不自然……雖然黝黑的色調很美，可是切割手法實在太沒有美感了）這應該算是長了年紀之後經年累月培養起來的審美眼光吧。果不出所料，那種形狀就是讓人吞下去之後吐不出來——在場的人聽說自己吃下毒藥也沒有任何人驚惶，或許該說不愧戰士之名。可是必的看法是既然身為戰士，那更不應該服毒。（因為沒吃下寶石，所以只有老夫我沒有時間上的限制……但是可不能因為這點優勢就得意忘形，太過托大啊）把寶石解毒的『戌』戰士選擇躲藏起來，直到其他戰士中毒的時間快到才出來。雖然這項計畫已經被『酉』戰士破壞，可是必爺既沒有千里眼也沒有『鷹覷鶻望』的能力，當然不知道這件事。可是此時他沒有和『戌』戰士做出相同的選擇。一個原因是『戌』戰士對自己的獠牙以及戰鬥能力有絕對的自信，可是必認為自己的能力排名在十名之下。『身體狀況良好的後段班』與『中毒變弱的前段班』對打也不見得一定會贏，至少就他本人的立場來看如此。而且必和『戌』不一樣，他已經嚴重違反遊戲規則——如果打持久戰，要是在他慢慢來的時候東窗事發，屆時他就會喪失資格。就算把希望放在前段班的人互相殘殺，他也不能只是袖手旁觀，什麼都不做。所以——（所以要用不同的方式好好利用這項優勢。每個人都把有毒的寶石吞進肚裡，可是老夫卻拿在手上——這項優勢可以當作交涉的材料）

必應該選擇的對象是排行裡的中段班……也就是必認為名列第四、第五與第六位的戰士。這些人雖然不用擔心會戰敗而淘汰，但是想要奪得冠軍，前三名那幾個對手又太難纏。在這種情況下，他們心裡當然有所盤算，現在應該還希望獲得什麼制勝關鍵才對。要是必能夠提供這項『制勝關鍵』，就能建立起眾人渴望卻不可得的同盟關係。（既然『冠軍只有一個』，不管任何同盟或是合作關係，擺明著到最後都會宣告破裂……可是老夫還是有辦法可以讓這種關係延續到最後一刻）懂得利用這個辦法的恐怕也只有必爺而已。既然自己沒有吞下毒寶石，當然他也有確認其他戰士是否都有把寶石吃下去——除了當時已經喪命的『巳』以外，其他所有人都服毒了。（他們都服了毒……所以就算再怎麼佯裝無事，再怎麼裝出若無其事的樣子，心裡應該還是會感到不安。無論是天才還是英雄，他們要對抗的不只是敵人，還有不能獲勝就會毒發身亡的心理壓力。要是有一點差錯，說不定因為主辦單位的疏失，毒性會提早發作。又或者不是因為中毒，而是體質過敏造成身體不適——不論腸胃再好，要是肚子裡藏著毒物的話，心裡愈想就會愈陷入不安的泥淖而不可自拔）他們不可能安然保持原本的心理以及生理狀態——不過像『卯』戰士那樣腦袋真的有問題的人或許不能相提並論。除了極少數的例外，大多的人應該多少都會有什麼破綻產生。必就是要趁隙而入——而且手腳要輕。

模擬起來的話就是如下情況：必要和排名第四以下的戰士接觸，然後主動提出交涉——交涉的同時還要不時讓對方看見他手上的劇毒寶石。然後必會這麼告訴對方：『老夫的戰士技能就是能夠任意控制量子穿隧效應，讓物體穿過。』——這當然只是彌天大謊，他怎麼可能辦到這種有如科幻小說一般的事。必不僅沒有這種能力，年邁的他甚至連像樣的戰士技能都老早已經喪失了。他沒有像『造屍者』或是『鷹覷鶻望』這種能夠拿出檯面的技能——可是沒有裝有或是有裝沒有都只是小事一樁。事實上他的手中確實握著那顆照理來說應該在肚子裡的寶石——要讓對方相信必穿過自己的皮膚、肌肉與內臟，把寶石從肚子裡拿出來並非絕不可能，就要看他舌粲蓮花的工夫了。實際上必在之前待過的戰場上真的遇過有這種能力的戰士，所以說這個謊也能帶有幾分真實味兒——雖然對方只要稍起疑心，這個謊言就會被揭穿，但這時候就是展現人生經驗的機會了。到這裡都還只是前提而已——光是告訴對方自己不用擔心被毒死，展現自己的優勢也只是招人反感而已。『老夫也可以用非侵入的方式幫你把寶石從身體裡拿出來喔』——當他提出這項建議之後，交涉才正式成立。當然他不會幫人家把寶石從身體裡拿出來。在不傷到肚腹的情況下把胃裡的東西拿出來，他壓根兒就沒這種本事——就算心有餘也力不足。可是能夠安全從體內去毒是一種甜美的誘惑，應該沒有人能夠抗拒才對。這場交涉有一大重點，就是對方不會立刻就說『那你快點幫我把毒寶石拿出來』。

這是當然，因為體內的寶石要是被搶走，就代表失去獲勝資格。撇開時間限制的條件不談，如果只論保護寶石的話，放在自己的肚子裡還更萬無一失。所以必提出的這項條件只是為了防患於未然，好預防萬一而已——又或者可以讓對方暗暗打起算盤，心想『從其他戰士身上搶奪寶石的時候就能好好利用這種能力』。無論如何，這樣就可以建立起對必有利的隊伍了。不過他不打算當真讓人數多到可以組隊——他要籠絡的就只有一個人。就算只有三個人，風險也已經不低了。如果必真的有『穿透』能力的話，要幾人組當然都無所謂，可是因為一切都只是唬人的，要是騙超過兩個人，被騙的那兩個人只要稍微討論一下，很快就會發現必所說的話有問題。說也奇怪，人雖然不知道自己受騙上當，但是其他人受騙的時候卻輕易就能察覺——必這個謊言只要輕輕一戳就會戳破，要是對方為了預防上當，想要實際確認，說什麼『除了毒寶石之外，用其他東西穿透讓我看看』的話，那他就不用玩了。所以應該要把東窗事發的風險壓到最低。既然『辰』與『巳』的兄弟搭檔一開始就被破壞，必認為這次的十二大戰之中有可能組隊的就只有『申』而已。但就算『申』真的組了隊，她的隊伍肯定也是崇尚和平主義，所以不足為懼。除了人多以外毫無優點的集團就只是一群人聚集在一起而已。那麼必想要建立的二人組也有機會一戰。（如果能夠挑的話，老夫還是想找四、五、六位這些中段班……不過視情況而定，或許看到排名更低的戰士也應該和他們談談看）

必打著這番主意，心想：「十二大戰開始也已經過了三個鐘頭了……戰局差不多也該進入最後高潮了。」，看準現在時機成熟，開始出發去找要行騙的對象——實際上正如他希望的，幾乎就在同一時刻，前段班的戰士正在這座鬼城的另一處廝殺，所以他選在這個時機出動確實是良機。只可惜那場廝殺的結果卻是『申』變成殭屍，和那個與和平主義八竿子打不著關係的『卯』成了隊友，這就不是他想要看到的結局了——即便回顧必過去所有人生經驗，恐怕也想像不到會有這種結果。

3

必在成為戰士之前原本就是販賣武器的商人，因此非常懂得如何隱藏行跡行動，甚至可以說他擅長躲藏更甚於戰鬥。『戌』選擇『躲起來不行動』，結果還是被人發現。但即便『酉』戰士現在施展『鷹覷鶻望』的能力，恐怕也很難發現有個矮小的老人巧妙地利用陰暗處快速移動。不消說必雖然知道『酉』的長相打扮，當然不知道她有什麼特殊技能。不過對必來說，他平常活動的時候就有留意是不是有人從包括空中等各個角度窺視。只不過這時候『酉』戰士庭取已經被她自己的特殊技能給『鳥葬』了——這件事就此按下，必開始探尋之後只過了十分鐘就停下腳步。雖然他很想說老戰士也很擅長探尋，不過關於探尋到的東西，就連他本人都大感意外。沒想到這麼容易就發現其他戰士。之前十一名戰士從起始地點鳥獸散之後應該都各自躲得很隱密，虎視眈眈尋找機會狙殺其他戰士才對，照理來說應該會形成類似三方相剋，可是實際上卻是十一方相剋的局面，彼此都不敢輕舉妄動才對。要是每個人都各自發揮本事，使出渾身解數躲藏的話，必本來早就做好心理準備應該得花上一番工夫才能找到人。可是他卻得來全不費工夫，一下子就找到那位戰士了。

那不是『造屍者』卯戰士所操控的戰士屍體，也就是『行屍走肉』。就算不是戰士，一般人也看得出來活人和死人的差別，所以即使不知道『卯』戰士的『造屍者』技能，要是有殭屍在路上走動，至少還是能感覺到有異樣之處。可是從眼前那個坐在鬼城的公園長椅上大口喝酒的女性身上感覺不出那種異樣……在戰局如火如荼的時候痛飲當然也只能用奇怪兩個字來形容……如果對方是年輕女孩的話那就更怪異了。

那是『寅』戰士。

（是排名最低的戰士啊……老實說不算是個很好的夥伴人選……不只如此……）如果可以的話，必很想裝作沒看見，立刻離開現場。他現在的心情覺得真是倒楣，竟然撞見這個人。另一方面又覺得好像看見不該看的場景。長椅旁東倒西歪地擺的大量酒瓶有大半都是空的，應該是她從附近沒有人的酒店裡搜括來的吧。打扮清涼的女孩兩腿開開攤在長椅上，醉醺醺得坐沒個坐樣。不但把一張臉喝得通紅，還酒興高昂地一邊哼著歌，一邊把喝到一滴不剩的酒瓶扔掉，又伸手去拿下一瓶，拔開瓶塞之後就往嘴裡大灌特灌。她這行為與其說是戰士，看起來更像是路邊的酒鬼。（也沒有虎視眈眈地尋找其他戰士……好像只是盡情沉醉於酒鄉而已……）代表『寅』的女性表現出的模樣卻和虎視眈眈這句話完全天差地遠，看起來說有多怪就多怪。不過話說回來，從前好像有一句話叫作『大虎』，用來形容像她那種醉鬼……可是必不認為那樣年輕的女孩會知道這麼老的詞語。（本來把她評為名次最低的戰士，感覺不到任何危險……豈知現在對她的評價竟然會從最後一名又更一落千丈。何止毫不危險，現在老夫只覺得瞧不起她了……）說什麼也不願和她結盟。『最近的年輕人真是如何如何』這句話和『還是從前比較好』並稱是老年人最常掛在嘴邊的老套台詞，而必遵從一個老人該有的修養，發誓絕口不提這句話，此時還是忍不住想要打破自己的誓言——就某種意義上來說，『寅』的這番舉動也可以說是和平世界孕育之下的產物。

要不是這時候正在進行一場生死對決戰，必真想走出去好好教訓她一番，而且不是以戰士的身分，是以一個正常人的立場來說教——可是現在當然不是做這種事的時候，不是當一個說教老頭的時候。現在應該捨棄所有感情，讓身心都成為一名戰士才對。（可是就算之後要去找其他戰士也不見得立刻就能找到人……而且下次遇到的對象也不一定易與）要是以迅速成事為優先，即便對方是戰力最低的戰士，只要換個正面的想法，想成弱者就比較『容易控制』，把那個『寅』戰士當成傀儡操控的話，應該還是有戰略價值才對。換個角度來看，必不只是要找個人結盟而已，找人合作的時候還要在結盟的前提條件裡參雜一些謊言，交涉對象腦袋愈不靈光愈容易上當。對方愈笨，就愈容易得到他想要的答覆——可是就算再笨也要有個限度。（還有一個問題，到底能不能騙到那樣喝到醉茫茫的人……老實說她醉成那樣，話都不知道說不說得好）或許應該放棄交涉，改為發動攻擊才對。攻擊那樣一個全身上下到處都是破綻的人，對不起的不是良心，而是身為戰士的尊嚴——和她交手本身就是戰士之恥——可是『寅』那樣毫不設防的樣子彷彿在拜託別人快點來殺她似的。就算必現在放過她，之後也只會被其他戰士殺掉而已。而且就算那個姑娘本身再爛，她體內的寶石還是有其價值。要是能夠殺了她，從胃部把泡在酒精裡的寶石拿出來的話，之後向別人提出合作的時候也能當作新的交涉材料。最終的勝利者必須得把十二顆寶石收集齊全，照理來說中間過程寶石落到誰的手中都沒差，可是既然有人要奉送的話，應該不會有誰會拒絕。把寶石拿到手的話，之後也能用來展現自身實力以及游刃有餘的態度……只要別說是從一個醉到七葷八素的酒譚子手上搶來的就好了。（還是選戰鬥比較好吧……畢竟歲月不饒人，如果可以的話，老夫原本還希望到最後的最後都盡量避免戰鬥的——）雖然帶著幾分有模有樣的謙遜，必爺還是下定決心，拿出為了打贏這次十二大戰而帶來的『商品』，也就是他先前所說的

『威力強大的爆裂物』——自製的投擲手榴彈『ＬＫＫ』。就在同一時間，那個七葷八素的酒罈子用豪邁的語氣開口說道：「老頭，俺知道你在那裡。別躲躲藏藏了，快點滾出來。」

4

一開始讓必爺感到震驚的是自己隱密的行動竟然被發現。可是更讓他吃驚的是『寅』都已經喝光了那麼多一升瓶裝的酒，竟然還能正常說話。他還以為『寅』已經醉到不省人事了——「怎麼了，年紀一大把還要玩捉迷藏嗎，老頭——如果老夫想玩的話，老虎倒是可以陪他玩玩喔。啊，剛才俺是在玩老夫與老虎的同音冷笑話——吼嚕嚕。」（…………）雖然話是還能說，可是說出來的內容完全就是酒鬼的醉言醉語。一時之間必還差點對她提高戒心，看來沒有這個必要——必之所以被發現，應該也只是他的身影恰巧映入了醉鬼特有的視線當中吧。「呵，那就請妳陪老夫玩兩招吧……做人可不能拒絕年輕女孩的邀約嘛。」必爺擺出高人的架勢，從樹蔭後現身——就算身形矮小，只要調整走路方式也能顯現出非比尋常的感覺。代表『寅』的女孩見狀，也從長椅上站起——到一半的時候，她的身子又突然癱軟倒下。必還懷疑自己該不會不戰而勝，不過當然沒這麼好的事。代表『寅』的女孩就這樣直接擺出四肢著地的架勢。條件都這麼齊全了，如果連名號都沒報就分出勝負的話，未免也太沒意思了。四肢著地——如果那就是她的戰鬥方式，必可就佩服了。虧她還能活到今天。她一擺出這個姿勢，出手第一招幾乎就限定是『出爪』了。所謂真人不露相，看來這頭母老虎連這點腦袋都沒有——照這樣看來，就算她沒喝醉酒大概也沒強到哪裡去。「吼嚕、吼嚕、吼嚕嚕。」『寅』一邊發出不太像一般女孩子會有的低吼聲，一邊說道：「好樣的，老頭。竟然使分身術啊，還可以變成三個人嗎？」雖然不曉得她是用什麼樣的視線注視自己——可是這樣一個漲紅著臉的戰士看了就叫人不高興，還是快快了結吧——久未實戰，原本必還以為自己會有些亢奮，不過看來一點都沒什麼好興奮的。「啊……咦？唉呦，老頭，你什麼時候變成四個人了？吼嚕嚕。這是要數羊嗎？一隻羊、兩隻羊……你催眠俺想做什麼。」「咱們要不要等妳稍微清醒一點之後再來互報名號？」必爺心想打起來太輕鬆也沒趣，眼前的『寅』好像真的快要睡著了，他忍不住出言建議道。「少囉嗦，俺沒醉。俺沒醉沒醉，只有一點醉。只要是喝酒，俺可是千杯不醉。」『寅』說的話完全就是醉鬼最常說的那一套。既然她都這麼說，那就不用再留情面了。就用投擲手榴彈『LKK』把她除了胃部之外全都炸個粉碎。『LKK』的威力可不是騙人的——它的威力與使用性極佳。當必打算在十二大戰一開始之後就立刻用『LKK』讓大戰結束的時候，就連那個英雄人物『申』都不得不打穿地板逃跑。如果是『申』的話就算了，要對付這個好像已經半沉睡的『寅』是不可能失手——

「老夫是『未』戰士——『先騙後殺』必爺。」

「俺是『寅』戰士——『趁醉而殺』妒良。」

趁醉？當必聽了覺得有異的時候已經來不及了。照理來說應該能夠看得一清二楚的『寅』的『手爪』攻擊已經十指爪子都殺到必矮小的身軀上——他身上每一寸皮膚、除了胃部以外所有的部分都已經被撕開。（咦……啊？什麼？）必還搞不清楚發生了什麼事，根本沒察覺自己已經被殺死了。（怎麼會……她應該是最弱的。當她報上名號的那一瞬間，整個人也沒什麼變化，氣勢也沒有增強啊——她從頭到腳應該完完全全就是一個醉鬼才是……醉鬼？）

「沒錯，就是你也知道的醉拳。」

從背後傳來這麼一抹聲音。「大家都知道醉拳是『醉得愈厲害，打起來愈強』——反倒是老頭你看起來比較像是會打醉拳的人哪。吼嚕嚕。」「！」必已經沒辦法自己站立，可是在他倒下之前，腳步跌跌撞撞的『寅』已經先倒在地上，而且也沒再站起來——她舔了一口自己染成一片血紅的手爪，然後帶著恍惚的表情說道：「不過俺醉的不是酒，而是人血……一個老頭還不夠俺喝啊。」

5

猛虎展開行動了。

（○寅——●未）

（第五戰——終）

第六戰

千里馬亦有失蹄

迂迂真◇『想要獲得才能』

本名早間好實，九月九日出生。身高二三〇公分，體重一百五十公斤。十幾歲時的他雖然身材修長但體格纖細，可是因為在戰場上經歷一次重大的失敗之後，讓他決定改造自己的身體，強化肌肉。不只是體格訓練，還不惜用藥品進行化學手術。如今已經成為早間家歷代當家中體格最壯碩的巨漢。他以沉默寡言著稱，除了以戰士身分自報名號之外，只有少數心腹人士有機會聽到他的聲音（題外話，他的聲音非常悅耳動聽）。在戰場上，他的戰鬥方式就有如他沉默的個性一般以嚴謹聞名。不消說，那身健壯肌肉所施展出的攻擊當然凌厲非常，可是真正值得一提的是他高超的防禦能力，稱為防禦術『鐙』。這招防禦能力宛如銅牆鐵壁一般，硬到根本不像是一般人體的程度。順帶一提，本來他打算取個豪邁的稱呼叫作『鎧』，可是卻搞錯漢字。『鐙』與『鎧』，沒想到還挺像的。

1

十二大戰每隔十二年舉辦一次，現在參加的戰士已經減少到只剩下一半，我們就在允許的範圍內，稍微揭露一些關於這場大戰類似『內幕』的情報吧。想必不用多說大家都知道，這是一場由甄選出來的戰士賭上彼此的性命與心靈、才智、技術、能力或者是運氣互相競爭，以血洗血的戰鬥。而戰鬥的目的當然不是為了『決定這些人當中誰最厲害』——戰鬥行為既沒有運動家精神，某種層面來說，十二大戰檯面下的內情比檯面上的戰鬥更加汙穢醜陋，惡濁到令人不堪的程度。這些人平時在世界各地的戰場戰鬥，之所以把他們集合起來互相競殺當然有相當程度的理由。這次為了舉辦十二大戰，大戰的主辦單位特地把一座都市毀滅，當成戰鬥場地。不過這並不是他們這次特別大手筆，過去曾經炸毀一座巨大山脈來舉辦大戰。歷來規模最大的則是第九屆大會，是在太空站裡舉行的——十二大戰十二年舉辦一次，間隔時間不算久。光是準備場地就花費這麼龐大的費用，另外還可以『實現各種願望』。視冠軍許什麼願望，甚至還得撒下驚人的成本去準備獎品。花這麼多金錢只因為十二大戰是一場代理戰爭，也就是代替某項事物而展開的戰爭——而且還是為了代替戰爭而展開的大戰。

一場為了戰爭而打的戰爭。

這是一種相對比例的感覺。戰爭需要犧牲掉龐大的經費、眾多的人命與環境成本，所以把戰爭縮小到只有十二個人的規模——可是這十二個人並非各自代表哪個國家而戰，在這場大戰當中，國家也只不過是籌碼而已。極少數比國家更有權有勢的人押注兩個國家賭『酉』勝利，或是用三個國家買『申』—『丑』連號等等，就像是賭博一樣彼此爭奪國家主權，用非常公平、安全的方式互相搶奪國家的代理戰爭。根據十二大戰的結果演變，國家的擁有者也會隨之更替，有新的國家誕生，也會有國家滅亡、合併或獨立，重畫世界地圖——而參戰的戰士本身當然對此毫不知情。他們只是為了他們自身的原因而搏命而已——等到十二名戰士減少到剩下一半，眾人也已經大概知道存活下來的戰士實力強弱如何，此時以國家為籌碼的賭局就要開始了。存活下來的六個人賠率各自如下。

1『丑』2『卯』3『寅』4『午』5『辰』6『子』

如今『申』已經淘汰出局，獲得世人評價『強得莫名其妙』的『丑』拔得頭籌是天經地義，可是原本乏人問津的『卯』賠率來到第二名自然是考慮到他身懷『造屍者』的能力——如果他善加運用手下控制的兩具屍體，很有可能獲得優勝，所以連號首選當然就是『丑』——『卯』，遠遠超出其他人。同樣的，原本評論當中根本沒人注意的『寅』來到賠率第三名也是因為她殺死老兵中的老兵『未』，這項戰績獲得很高的評價——至於『辰』與『子』排名倒數或許可以說是莫可奈何，因為『辰』失去了一同搭檔的雙胞胎弟弟。而『子』不但年紀太輕，而且看不出來有任何企圖心，而這兩個人到目前為止幾乎毫無表現。不過『辰』和來歷不明的『子』不一樣，至少還有過去的戰績情報，所以排名在『子』之上——這邊要特別提出來說的是，沒特別優秀也不是特別差勁、賠率平平凡凡地排名第四、不是優勝保證但也不是地雷的『午』戰士迂迂真。他並非不受眾人青睞的戰士，在戰前進行『權貴人士問卷調查』的時候，在十二名戰士當中反而名列前茅。這是因為生死競爭戰是一種參賽者彼此交戰，看誰最後能活下來的戰鬥，而『午』戰士那曾經與艾吉斯神盾相提並論、牢不可破的防禦力相當具有優勢——既然如此，為什麼在大戰進行到一半的時候，他的評價會落到這樣不上不下的程度呢？接下來就會講到這一點——不過繼續看下去之前，不妨學習諸位權貴人士，依照已經公布的賠率來預測這次第十二屆十二大戰到底會由誰拔得頭籌呢？只要手上有國家可以拿來下注，權貴人士們無論面對任何人的挑戰都會跟注。

2

就在『酉』戰士敗在『丑』戰士的手下，屍首被付諸鳥葬之前——她看見『丑』染血的軍刀，判斷他已經殺掉至少一名戰士。可是就結論來說，這個判斷下得太早了。直到昨天之前，曾經和『丑』戰士對上的敵人確實一個都沒活下來——『酉』會像隻公雞一樣把這件傳聞囫圇吞棗下去，其實也不見得是她疏忽。不過事實上，這項趕盡殺絕的紀錄在她喪生前不久已經被打破了。『丑』戰士的軍刀確實傷到了敵人，可是沒能取命。他明明一刺就足以殺掉『酉』戰士，但還是刺穿她的雙眼以求謹慎，就是從那次戰鬥經驗所得到的教訓——這段小插曲代表『天才也懂得反省』，可是會讓凡人驚懼到渾身發抖。至於與『丑』戰士對打之後還能活下來，給『趕盡殺絕的天才』這塊金字招牌留下汙點的敵人會覺得很驕傲嗎？從本人的觀點來看，他可一點都不這麼認為——

站在『午』戰士迂迂真的觀點來看，『午』戰士迂迂真自己也受到打擊——無論是肉體方面還是精神方面都一樣。過去不管在任何戰場上面對任何戰士，他最引以為傲的肉體『鐙』當真是『毫髮無傷』，可是現在卻被軍刀刺得到處傷痕累累。雖然沒有一道傷口致命，幾乎只傷到皮膚。別說是骨頭或內臟，就連肌肉都幾乎沒有受傷，但傷口就是傷口——一想到有相當多的傷口會留下疤痕，真正受傷最重的是他的自尊心。他對『丑』根本沒有做出什麼像樣的反擊，即使最後的結果是平手，但其實只是因為他沒死而已，就心情上來說根本就是敗得徹底。

只是『午』的賠率之所以變得這樣半吊子，不是因為他受了這麼多傷。光是和『丑』交手之後還能活下來這一點，已經足以讓他獲得很高的評價了——可是他在戰鬥後的作為給人的印象實在很糟糕。他逃到街上一間大型銀行的金庫當中，躲在裡面不出來。擁有絕對防禦力的他又設了障礙，打起了守城戰——可是不管左看右看、上看下看，他這番舉動可以說相當不合常理。因為既然他們吃下劇毒寶石，時間限制已經清清楚楚擺在眼前，照常理來想怎麼可能打守城戰——他這樣子看起來完全就是一個身高超過兩公尺的巨漢因為害怕再次對上『丑』，意志完全崩潰之後龜縮不出的模樣。賠率排行沒有吊車尾或許就該謝天謝地了。不過迂不知道有眾神的賠率存在，當然不在乎他人如何評斷——可是如今對他最感到失望的人不是別人，正是迂自己。他對自己不只失望，更可以用鄙視來形容。

『午』有理由可以解釋——當他碰到『丑』的時候，根本沒想到會當場和對方打起來。如果要說他搞不清楚現況，那也只好認了。可是他和『丑』之間有一個共通之處，那就是他們在十二大戰開打的起點處都對『申』的提議表示贊同，而且在『卯』舉手的時候兩人也都一起放下手。雖然因為地板崩塌的意外，使得招募同伴的計畫化為泡影，但是迂和『丑』應該同樣都屬於穩健派，要是能夠和平解決的話當然不會拒絕。所以照這樣說來，當時遇見『丑』的時候迂本來還期待說不定能夠和他聯手一起打這場戰爭——要是有『丑』的劍術與『午』的防禦能力，等同於裝配了最強的矛與盾，應該可以在十二大戰之後縱橫無礙才對——可是事情卻沒照這樣發展。真是丟臉。這時候迂打從心裡感到羞恥，竟然還對這種『僥倖』抱有期待——羞恥到好想把頭髮抓光。可是就算真抓了頭，他擁有絕對防禦力的頭皮也不會被抓出一條傷痕吧。可是迂現在滿身都是連他自己都沒辦法刮出一點點痕跡的傷口。

迂的自尊心這麼高，應該也不會喜歡別人幫他說話，可是迂認為這次參加第十二屆十二大戰的十二名戰士當中，自己與『丑』屬於穩健派的這個想法本身並沒有錯。迂自己不用說，『丑』身為『趕盡殺絕的天才』，雖然在戰場上殺起人來眼睛眨都不眨一下，但他絕不是一個好戰的人。如果穩健派這個名詞不適合用來形容戰士的話，也可以換個說法，說他是工作型的戰士。與他相反的類型則是像『卯』戰士與『寅』戰士這種為了殺人而戰，或是把戰鬥本身當成一種喜好的戰士——但即便『丑』不好戰，當時還是二話不說就擺出戰鬥姿態，背後其實有一個迂無從得知、稍微有些複雜的理由。對迂來說，『丑』是眾人各自分散之後他第一個遇到的戰士，可是站在『丑』的角度，『丑』卻不是他第一個遇到的戰士——不，嚴格說起來『丑』沒有遇到，他反而主動避開對方，不願意和對方遇到——他很謹慎小心，避免和那個搖搖擺擺走在街上、面如土色的『亥』戰士遇上，因為『丑』一看就知道她已經喪失自我意志，只是一具屍體而已。當時他還不知道操控屍體的是『卯』，但已經推測出這次十二大戰的參賽者中有『造屍者』存在——當知道這一點的時候，用和平的方式讓十二大戰結束的選項就已經從『卯』的內心裡消失，而且他反而認為自己必須親手殺死更多戰士。『造屍者』能夠控制死在自己手底下的人——要是再慢吞吞的，『造屍者』就會不斷增加隊友，不知會形成什麼樣的隊伍——如果要防止這樣的狀況發生，方法就是趁『造屍者』還沒下手之前，『丑』自己先把其他戰士一一殺光。這個決定也不一定是憂慮『造屍者』的勢力變強——如果在不同的時間與不同的情況下，那些戰士原本有可能和他互為同志一起並肩作戰，『丑』這樣做反而是作風穩健的他對這些戰士所能盡的最低限度情義。與其死在『造屍者』手中，屍身受辱，不如讓『趕盡殺絕的天才』無苦無痛，只『為殺而殺』的話反而能讓他們死也瞑目吧——不過這種心理與其說是穩健，其實和『午』的穩健又截然不同，應該說是身為天才才擁有的從容吧。

無論如何，迂無從得知『丑』的心思，根本沒有及時做好心理準備迎接他和『丑』這場來得意外又突然的戰鬥。和早已下定決心要趕盡殺絕的『丑』比起來，迂的心理準備完全比之不及——不過這種理由或許只是理由也說不定。雖然這場戰鬥突然而來，可是那位戰鬥天才既沒有偷襲，也沒有趁迂不備的時候動手。他依照禮數先自己報上名號，也讓『午』有時間做好準備之後才舞刀攻來。這完完全全是一場正式決鬥，沒有任何瑕疵可找理由——雖然一開始迂還有點不知所措，但是打到一半之後他也是動起殺念和『丑』交手，結果卻是這副悽慘的下場，也難怪他會想要躲起來。雖然已經重複很多次了，光是能夠從『丑』手中揮舞的軍刀之下撿回一條命就已經很了不起，可以說是一大成功了——不過迂對自己這身肌肉的眷戀已經到了類似信仰的程度，就算從『丑』的手中逃出生天也完全安慰不了他。因此迂所受的傷在某種意義上來說已經穿透防禦術『鐙』，讓他的內在受到嚴重的傷害。就算耗盡十二大戰剩餘的所有時間，恐怕也很難讓他從這身心殘破的狀況之下重新振作起來。

只是有個現實的問題，雖然現在『午』的防禦力已經不能稱為刀槍不入，但仍然有如集所有防禦能力的精髓一般，硬到有剩。防禦力如此之高、名副其實可以稱為硬漢的人卻在銀行的金庫裡建造障礙物躲在裡面，就有如拿一個塑膠盒子保護鋼鐵打造的雕像一樣荒唐。身為一名戰士，像他這樣放棄戰鬥躲起來確實是最糟糕的舉動。不過換個角度來看、從大局觀來判斷的話，他這麼做也不能全然一概說是餿主意。因為這場十二大戰的規則是把所有人吞下肚的有毒寶石蒐集齊全——要是有一個人像他這樣脫離戰場，所有人都會毒發身亡。依照這種規定，實力最弱的戰士即使獲勝的機會渺茫，也可以把所有人一起抓來墊背。反過來說，最強的戰士就要思考，在戰鬥的時候伺機進退，不要過度把人逼到走投無路——免得敵人像這樣放棄比賽。就這一點來說，『丑』戰士對

『午』戰士下手太重。既然要重創到這種地步，那就應該不擇手段也要把『午』給殺掉才對——不過明明沒死卻還搞到意志崩潰，像『丑』這樣的天才戰士大概無法理解凡夫俗子到底腦袋在想什麼吧。關於天才的天才就在別章另述，迂在失去戰鬥意志之後藏身不出，使得像『丑』或是『卯』這些賠率排名較高的戰士都有可能淘汰出局。因為時限歸零而全滅——這樣的結局固然一點都不精彩，可是迂沒有什麼理由非要演出一場精彩的結局。可是這樣他不也會因為時間到而毒發身亡嗎——關於這個疑問的答案就是他身為戰士最大——原本最大的驕傲『鐙』。如果在角色扮演遊戲裡的話，『鐙』的防禦力就有如破關之後得到的特別道具一樣強，說不定不光是能夠抵抗『體外』的攻擊，就連來自『體內』的攻擊、對於劇毒也有防護效果。優勢。就如同『卯』的『造屍者』具有能夠網羅向心力極強的夥伴的優勢一般；如同『戌』能夠在體內解毒一般；如同『酉』能夠用『鷹覷鶻望』開戰場地圖一般，如果迂對於大戰規則也有屬於他的優勢，那應該就是這項防禦能力了。當然沒有人能夠打包票，迂自己也不是想得這麼多才躲起來的。可是如果其他戰士全都中毒而死，之後只有迂存活下來，即使沒辦法完成十二大戰的勝利條件，至少以一個生物來說，只要活著就可以說已經贏了。這就是『未』所說的『活著才是勝利』。

到頭來現在正在互相拚死拚活的十二戰士在意想不到的情況下全都陷入了絕境。『丑』、『卯』、『寅』這些有望得到冠軍的人，他們的戰士技能都是用來『對付人』——

沒辦法突破這種別說是入口，就連出口都沒有的路障。只有『亥』的兩挺機關槍以及『未』的手榴彈有足夠的破壞力能夠突破迂建立的障礙物，可是這兩名戰士已經進了黃泉路。沒想到這時候竟然冒出這麼一匹黑馬，要是繼續這樣白白浪費時間的話，第十二屆十二大戰當真會以這樣的方式落幕。當然更糟的落幕方式就是『鐙』對劇毒無效，連他自己也都無法倖免於難，而且還是獨自一個人孤零零地死去。

「啊……這麼暗，感覺一個不小心就會睡著……」

這時候黑漆漆的金庫裡忽然亮起一點燈光。看起來有如魔法一般，但實際上卻是和奇幻完全相反，單純只是科技而已。如今坊間已經人手一支，卻是現代最新科技的集大成——也就是所謂的智慧型手機。打開的手機畫面泛光，照亮了金庫。不只照亮身材高大卻抱著膝蓋蜷曲身子的迂——連打開手機的人也在燈光之下現形。該怎麼說呢，那個人是個年紀大約十五歲上下的少年，拿著手機最是有模有樣——迂只知道他是那個在起點久睡不醒的少年。沒錯，那名少年就是『子』戰士寢住。「聽說手機畫面使用的玻璃……」他看也不看迂一眼，彷彿人就站在電車一般、彷彿正在檢視電子郵件一般，用那雙惺忪睡眼看著手機。「堅固到連軍隊都拿來使用……要是放在胸前口袋裡，還可以擋手槍子彈。這是我以前聽說過的都市傳說……也不曉得是不是真的。」少年的語氣無精打采，好像在說夢話一般，又繼續說道：「順帶一提，我是那種要是買了新手機，拿到第一件事就是故意把畫面砸破的人。手機畫面裂開之後，放射狀的裂縫看起來就像是蜘蛛絲一樣，不覺得挺搖滾的嗎？」什麼那種人？迂向來孤陋寡聞，可沒聽說過有哪種人買了新手機之後，第一件事就是故意把畫面砸破。迂自己反而是那種連畫面上貼的膠膜都老是不敢撕下來的人。就是因為過去的人生一直害怕受傷害，所以他現在才會變成繭居族。要是這樣形容的話，聽起來好像是某種很嚴重的社會問題。可是現在的情況當然沒時間從心理層面去診斷迂的現況——這名少年到底是從哪裡爬進來的？「嗯？啊，不用在意。老鼠這種動物本來就是只要有一點縫就會鑽的嘛。」有縫……？這也當然，雖然這裡是銀行的金庫，可是在迂進來的時候就已經把金庫大鎖打壞了。防護壁只是之後迂加緊趕工，耗費體力堆積起來、憑蠻力組裝起來的障礙物。只要仔細找，當然有隙可趁，但應該也不是三兩下就能找到的，這個少年——

「我是『子』戰士——『群殺』寢住。」

少年眼睛看著手機畫面，冷冷地報上自己的名號。雖然迂已經失去戰士的資格，可是他聽了少年自報名號之後，也跟著說道：

「我是『午』戰士——『默殺』迂迂真。」

迂忍不住就照樣報上自己的名號。如今他不但算不上是戰士，就連自稱是早間家的當家都覺得丟臉，可是原本滿心只有恐懼的心靈在報上名號之後才萌生出自厭的念頭。這名少年也不理會，只是淡淡地應了一聲「是喔」，眼睛還是緊盯著手機畫面——完全沒有要開打的意思。不，這個少年打從還在起點的時候就感覺不出來有任何鬥志……現在的迂根本不能打，所以少年無心戰鬥當然是幫了他大忙。可是既然這樣的話，除了『是從哪裡爬進來？』之外，又多了一個問題：『他爬進來做什麼？』「啊，我只是緊急來避難而已……我想把這裡當成緊急避難所，暫時休息一下。現在我正在被『巳』追殺……不對，雖然追我的是『巳』，不過其實是他的屍體……原本應該是我在追他，結果狀況突然改變……總之就算已經死了，他還是像蛇一樣糾纏不休……他之所以像蛇，好像是因為本來就是蛇來著？」也沒有人動問，少年『子』就這樣自己說了起來，可是迂根本聽不懂他在說什麼，感覺他根本沒有意思要說明什麼——好像只是在自言自語而已。沉默的戰士與自言自語的戰士同處在一間密室當中——現在到底是什麼情況？「對了……那時候你本來想要加入『申』提出的和平方案吧？我就告訴你一件事，報答你借我地方藏身吧，那件事已經泡湯了。」泡湯？「提出建議的『申』已經被殺了……這個和平方案本來就是由她這個崇尚和平的人為中心策劃的，既然她人都已經死了，也只能廢案啦。怎麼說呢，這樣說有點不好，可是那傢伙真是超俗的。現在是怎樣？一直說和平主義多好多好，結果自己先翹辮子……到頭來還是不知道她想出什麼和平方案，還說和平方案不只一個……搞不好根本她什麼沒想，或者只是唬人的。她是以停戰交涉為本分的英雄……說不定先叫人家不要打，然後大家再一起想辦法。很有可能。雖然一臉悠然，但要是她是英雄人物的話，應該也會使這種程度的權宜之計。要是這樣的話，那還真的不能瞧不起冠冕堂皇的好聽話……」光聽『子』這番自以為是的自言自語，根本無從得知外面發生了什麼事。可是勉強可以知道原本有望獲得優勝的其中一人『申』已經倒下了。是誰打倒她的？又是『丑』的軍刀嗎？「我還是搞不懂……和平到底有多少價值？要是大家都像你現在這樣消極的話，這個世界不就停止運轉了嗎？就是因為有一些搗蛋鬼無拘無束地活動，才會有變化與進化嘛。所有事物都靜止不動的世界和毀滅的世界有什麼兩樣——就像你現在雖生猶死一樣。」迂不知道『子』在說什麼，也不想知道『子』在說什麼。「如果只是乾活著，那就和死了一樣吧——被那個變態兔子控制的屍體還比較有活著的感覺啊。啊，對了。你知道『未』老頭現在人在哪裡嗎？」『未』老頭？他是說那個在觀景室問使用爆裂物會怎麼樣的老人嗎？那個老人給人的印象深刻，所以迂還記得，可是這個少年為什麼想知道『未』在哪裡？「啊，不知道？這樣啊，那就算了，你別在意。你一直躲在這裡，當然不會知道嘛。該說是意志消沉還是術後不良呢……打擾你了，不好意思。」少年似乎回覆了信件，把手機改成休眠模式。想當然耳金庫內也再次沉入黑暗當中。在此同時，少年好像也消失蹤影——「這件事我也先告訴你好了。」不過只有少年的聲音還未離開。「『巳』那傢伙可能會追我追到這裡來，勸你最好離開這裡喔。就算不離開，至少還是動一動比較好。如果你還活著的話——如果還想活著的話……」說完，這次少年的氣息真的消失了。眼睛習慣黑暗之後，再也找不到他的蹤影。『子』自己跑進來，然後還擺出一副賣人情的態度，說什麼「勸你最好逃跑」。他們可是正在搏命當中，光是『子』放過喪失戰意的迂就應該謝天謝地，勸迂逃跑這番話也應該當成好心的建議聽進去才對……要是怪他把麻煩帶來，未免太厚臉皮了點。可是就算要逃，迂又能逃去哪裡？『丑』那個『趕盡殺絕的天才』還在外頭——外面還比較危險。雖然迂終究不知道少年『子』是怎麼爬進障礙物裡面的，可是迂不認為『巳』……『巳』的屍體也能如法炮製。所以迂認為虛心接受『子』的忠告，然後繼續躲在這裡應該才是正確的選擇。因為除了安全之外，他已經別無所求了。『所有事物都靜止不動的世界和毀滅的世界有什麼兩樣——就像你現在雖生猶死一樣』『如果只是乾活著，那就和死了一樣——』不知為何，少年說過的話不斷迴盪，嗡嗡迴盪。不是迴盪在金庫哩，而是在迂迂真的腦海裡。這只不過是一個還不懂世間真理的小孩子不曾多想就說出口的胡言亂語、根本沒必要當一回事的自言自語，不知道為什麼一直在腦海裡揮之不去。轉攻為守、龜縮不出、靜止不動——不需要再戰鬥應該是再輕鬆不過的做法，為什麼迂現在感覺好痛苦。這種沉悶喘不過氣的感覺、沉悶喘不過氣的感覺——這種沉悶喘不過氣的感覺不是因為聽了少年的話！當迂發現情況不對勁站起來的時候，金庫裡已經充滿了煙塵，黑暗的空間裡滿是黑煙——有某個東西燒起來了!?不只是某個東西而已，而是所有東西都在燃燒——整座金庫都起火了。溫度無止盡地一直往上爬，惡臭都快要把人薰倒了。啊，說起火其實不太正確——

是有人縱火。

要破壞堅固的障礙不容易，所以乾脆燒掉嗎？用火燒把障礙物熔化嗎？這種主意真是荒唐。當然就連超高溫的火焰都難以對迂的防禦術『鐙』造成傷害——不過雖然『鐙』能夠防護『外界給予的傷害』，對於『被剝奪的傷害』就不見得那麼有效。一個人要活著就絕對不能沒有氧氣，而物質燃燒也需要氧氣。要是所有氧氣都被後者消耗光了，前者當然就——『唏』一聲。『唏、唏』兩聲。面臨到化學變化這種最為原始的原子等級『活動』，為了生存而選擇靜止的戰士……沉默寡言的『前』戰士在人生的最後發出一聲長嘶：「唏唏唏！」

3

……一具無頭屍首站在已經被燒成灰的銀行外。就是這具無頭屍生前還是『巳』戰士身分戰鬥時背在背上的火焰噴射器『人影』吐出火焰，把金庫連同裡面的障礙物一起燒掉——不對，一起熔化掉的。他當然是聽從他身亡後的支配者『造屍者』所發出的命令才會做出這番舉動。可是他接收到的命令是追殺『子』，朝金庫放火只不過是為了順勢而為。他那既無法說話，也無法視物的『脖子以下部分』察覺失手，沒能殺掉『子』，於是轉過身子，好像已經把焦黑的破敗銀行遺忘，繼續像蛇一般死纏爛打地追殺獵物。徹底防守的『午』戰士迂迂真就這樣成功淘汰出局，連打都沒打，一點都不枉費他努力避戰的苦心。

（○卯——●午）

（第六戰——終）

第七戰

龍頭蛇尾（先攻）

斷罪兄弟之弟◇『想要錢財』

本名積田剛保，(戶籍上) 十月十日出生。身高一六四公分，體重五十八公斤。他是一名與雙胞胎哥哥共同以戰士身分戰鬥的年輕武者。因為每位戰士都有很強的自我風格，因此戰士之間本來鮮少組合搭檔。可是『辰』與『巳』兩兄弟在傳統上本來就是兩人一組作戰。這種作戰方式的優點當然不用多說，其中以這一代的斷罪兄弟更是『斷罪』歷史上默契最好的。他這個弟弟是把『火焰』當成武器戰鬥的戰士，有人說凡是他經過的地方都會變成一片焦土，戰死之人都分不清誰是誰。本人都公開宣稱如果沒有成為戰士的話，自己早就變成一個縱火犯，是一個不折不扣的危險人物。他的武器就是裝在背上的火焰噴射器『人影』。這個名字有『把人燒到連影子都不剩』的含意，當然另外也代表『火蜥蜴』(註) 的意思。他在自己家裡養了許多種不同的爬蟲類當寵物，經營的部落格在志同道合的爬蟲類愛好者當中相當受到歡迎。細心養育的寵物要是不幸死亡，他就會烤來吃。在戰場上大殺特殺的他養育寵物可是很負責的，會照料到最後一刻。

註　『火蜥蜴』的日文發音同『人影』。

1

第十二屆十二大戰——依照干支順序排列，現在還存活的人有『子』、『丑』、『寅』、『卯』、『辰』等五人。如果要記述他們的戰績當作參考，『卯』殺掉了『巳』、『亥』、『申』、『午』等四名戰士。另外『丑』與『寅』各打倒一人，分別殺了『酉』與『未』——『子』目前沒打贏過任何人，至於『辰』更是還沒和人交戰過。不過十二大戰當然不是比誰殺死的戰士比較多，用極端一點的說法，誰最強根本不重要。依照規則或是情勢演變，也有可能會發生意想不到的狀況，明明從沒和人動過手卻變成最後的贏家。如果把這種情況也一併考慮進去，然後分析現在的戰況，存活的戰士當中唯一組隊成功的『卯』仍然占有很大的贏面——說起現狀，其實他就是造成這個現況的元凶。不過他組成的隊伍不是一般的隊伍，而是由一群屍體組成、紀律十分優秀又團結的隊伍。雖然『亥』的屍首被鳥群吃光，可是光靠『卯』現在手邊有的屍體，對其他戰士就已經足以構成相當可怕的壓力。而且現在人數已經不到原本的一半，RABBIT一派的威脅就更大了。反之，如何削弱這支隊伍已經逐漸成為十二大戰下半場的重點，最簡單的辦法就是『卯』以外的四個人暫時攜手合作，用團隊的力量挑戰團隊。可是這也只是紙上談兵、無從實現的幻夢。先前最積極想要組隊的『申』如今已經成了RABBIT一派的成員——而且糟糕的是活著的戰士當中有一個人是『辰』。他目前還沒和人打過，也是動向最不明確的戰士——無論再怎麼翻閱他過去的戰鬥經歷……不，就連遠離戰場的日常生活當中，他都不曾和弟弟以外的人一起行動過。所以此時此刻還沒有什麼有效的辦法能夠阻止『卯』戰士憂城所率領的屍體大軍。

2

「我是『辰』戰士——『為了賺錢玩樂而殺』斷罪兄弟的大哥。」

「我是『巳』戰士——『為了賺錢玩樂而殺』斷罪兄弟的小弟。」

……如今兄弟倆再也沒有機會像以前那樣雄糾糾地一起擺姿勢報名號了。至少斷罪小弟能夠用來自報名號的聲帶已經被切斷——他的屍體不能視物、不能聽音、不能聞嗅，就這樣在十二大戰的鬼城戰場上徘徊漫步。『行屍走肉』走在一座鬼城，看起來好像搭配的。話雖如此，斷罪小弟現在到處徘徊並非漫無目的。雖然他沒有意志也沒有目的感，可是卻是有其目的——不過這項目的只是整個命令系統的頂峰下達的指示，要他『殺了那傢伙』而已，既冷硬又一板一眼，比屍體還更冰冷。要尋找的對象則是『子』戰士。斷罪小弟並不是知道對象是『子』戰士而去追殺，對現在的他而言，知道或不知道都已經無關緊要。即便原本很緊要，如今也變得不緊要了。沒有意志力就不能思考、沒有思考就不能判斷、沒有判斷能力就不能停止——只是一具不斷走動、不斷活動的死屍。他原本的屬性就是在地上爬動的『蛇』，就算看不見又聽不到，但也能從腳底敏銳地察覺地面的震動，以掌握周圍的情況——不對，既然他已經死了，當然也沒辦法『察覺』什麼，單純只是因為受到刺激而產生反應而已。這就好比在理化教室的桌子上，只要把電極插進青蛙的下半身，蛙腿就會抖動一樣——總之就是因為斷罪小弟身懷這種有如高性能雷達般的獨特性能『地之善導』，不管少年『子』逃到哪裡去，即使藏身在金庫當中也能窮追不捨。不過殭屍就是殭屍，也只是殭屍而已，所以沒辦法要求他的行動速度多快——但因為沒有意志，也就不會打消念頭，所以斷罪小弟會死纏爛打地追殺他要抓的目標直到雙腳腐爛折斷為止……可能就連走斷腳他都不在意，永無止境地追下去，直到天荒地老。順帶一提，他的頭部還在『卯』的手上，隨身攜帶。『巳』的頭顱在殺死『申』的時候成功發揮功效，對那名『造屍者』來說，或許還有其他用途也說不定。

事實上這部分是個難解的問題。所謂的人類到底包含哪些部分——這個話題只要一爭論起來就會吵個沒完。人體的哪個部分算是人類。當頭身分家的時候，『他』這個人的生命原本究竟是存屬於哪一邊呢？腦部存在於頭顱，心臟則是存在於胸腔——使用道具的是雙手、用來行走的則是雙腳。如果講得更深入一點，一個人到底什麼時候才算是『死亡』？有人說就算心臟停止，只要在五分鐘之內讓心臟恢復跳動的話就不會影響腦部——就算腦部機能停止，依照現在的醫療技術也能讓肉體繼續存活。或者如果用體積來看待人類，肝臟的體積占比雖小，但要是取出肝臟的話，人就很難活得下去。剪頭髮不會痛，可是在剪掉的頭髮裡頭都有每個人的遺傳基因——幼兒時期脫落的乳牙已經與自身分離，就算是不同的生命嗎？或者算是屍體呢？就算是雙眼開開，已經確認死亡的遺體也會有一陣子仍是溫暖的——屍體的體溫與生命完全不一樣嗎？這些生命理論只要深究下去就沒完沒了，幸好操縱屍體的『卯』腦袋裡不存在所謂的倫理道德，不會去思考這些問題。而被『卯』操縱的屍體『巳』沒有意志力，也不會思考這些問題。斷罪小弟——這具無頭屍就只是依照毫無溫度、冷冰冰的命令在鬼城到處徘徊，直到他逮到那隻逃竄的小老鼠——

「嗚——嗝。」

就在這時候有一名醉鬼踩著比屍體更搖擺不定、更輕浮不穩的步伐，出現在斷罪小弟的前方。

3

十二大戰進入膠著，戰士之間互相觀察、互探虛實的階段已經結束。到處都有戰鬥發生，而斷罪小弟在銀行放的那把大火更是產生決定性的作用。他為了熔化金庫而發射出來的火焰當然讓周遭多數建築物慘遭吞噬。火勢延燒到或是住家受到火舌波及之類的災害還會持續好一陣子，直到火焰燒到沒東西可燒而自我熄滅為止。這股在鬼城升起的巨大狼煙、這道火柱不容分說讓所有看到的人全都心念一轉——這場大戰不只進入後半場，而且已經快要進入尾聲了。這一點對於醉到顛三倒四的醉鬼『寅』戰士也一樣——她是踩著慢吞吞、左搖右晃的腳步從鬼城內的公園向起火的方向走到這裡來的。衣著單薄又醉醺醺……不，應該說醉暈暈的年輕女戰士醜態百出，不管任何人都會撇開目光，不想和她扯上關係，可是斷罪小弟遇上她沒有任何反應。已經是一具屍體的他當然不會產生這種情況下應該會有的厭惡感。只是『造屍者』下達的冰冷命令當中，針對『子』

以外的戰士還有『妨礙追殺的戰士也一併殺掉』這項指示——所以他也只會冰冷地服從命令行動而已。無論對手是年輕女孩還是酒鬼，他都不在意——因為他已經沒有心靈了。「吼嚕嚕……嗯……唉呦，奇怪了？你把腦袋掉在哪裡？唔——這個——」『寅』戰士側著頭好像覺得很不可思議，頭歪到才真的差點沒掉下來。她這時候仍然不知道這次的十二大戰中有『造屍者』參戰，所以此時冷不防遇上一具到處亂走的無頭屍，在她眼裡看起來不但不可思議，還覺得相當怪異。但不知道是不是因為酒醉之後腦袋血氣不順，或者是酒氣太順，她也沒有其他反應。「啊～～～俺想起來了……你那模樣？背著東西的那個……很帥的傢伙？你就是那個開戰之前就被宰掉的人對不對——啊哈。」就算『寅』戰士手指著斷罪小弟，好像在嘲笑他一般，他也沒有惱羞成怒。生前的他最討厭這種人，遇到這個情況絕對會大發飆。可是現在已經是一具死屍的他沒有喜歡或討厭，也沒有歧視或輕視——就如同不會應聲或答話一樣。「這就代表……代表什麼意思啊？吼嚕嚕，俺最不懂這種燒腦子的事了……唉呦喲！」『寅』不曉得是不是原本就不知道關於『造屍者』的傳聞，或者只是因為喝醉酒才想不起來，始終想不到真相為何，但斷罪小弟突然對她發動攻擊。不知是千鈞一髮或是游刃有餘，總之『寅』一個後空翻，閃開了那個熔化金庫的火焰噴射器『人影』的攻擊，但卻未能成功著地。她就像是掉到地面的史萊姆一樣，整個人啪的一聲躺平在地上。斷罪小弟感覺到她落地的震動，立刻又毫不留情地追擊，繼續發射火焰。可是醉鬼女似乎認為老虎就是要趴伏在地才是老虎，倒在地上後也不起身，就這樣靈巧地滾動身子，又躲過這道烈火。「又不是馬戲團雜耍——你這小子，別叫俺跳火圈哪！」『寅』一邊說，同時巧妙地與對手拉開距離，接著就像先前在公園與『未』對打的時候那樣擺出四肢著地的架勢。愈是酒醉，打起來就愈強——這就是醉拳。

「吼嚕嚕嚕嚕嚕嚕嚕嚕……」

她發出長長的低吼聲作勢威嚇，模樣看起來哪像戰士，根本就是一頭猛獸了。可是這種威嚇當然嚇不倒屍體。斷罪小弟就只是調整火焰噴射器噴嘴的角度好讓火炎能夠噴到她，彷彿在執行一項亙古以來從未改變的常規一般。「嘖……真是的。哪有人對醉鬼噴火，應該是潑水吧。俺本來就已經口乾舌燥，你還要來烤乾俺。俺的喉嚨早就已經熱辣辣的啦。」四肢著地的『寅』出言胡攪蠻纏。斷罪小弟又要向她發射足以把附近整片地面柏油都燒熔的強力火焰——

「俺是『寅』戰士——『趁醉而殺』妒良。」

——可是火焰還沒噴出，斷罪小弟正要扣下火焰噴射器扳機的右手臂卻已經先飛上天。因為他是死屍，所以不會感覺到痛，自己身軀重要的一部分被銳利的尖爪扯斷也不覺得驚訝、不會去尋找自己掉在柏油路面上的手臂——不過即便已經變成屍體，背後突然變輕還是讓他有了反應。斷罪小弟失去的不只是右臂，就連原本背在背上的火焰噴射器也不見了。雖然還是四肢趴伏的姿勢，不過這次醉鬼女穩穩落地。在身形交錯的瞬間，她便從斷罪小弟身上把火焰噴射器搶了過來。「這裡頭裝的是酒精吧？吼嚕嚕，俺就不客氣啦。」說完之後，她把火焰噴射器『人影』槽體的蓋子打開，竟然就嘴灌了起來。火焰噴射器的槽體裡裝的液體當然不是酒精，不過她還是像變魔術一樣，津津有味地把好幾加侖的揮發油咕嘟咕嘟喝下肚，彷彿只是會燃燒的液體就和酒精沒兩樣似的，轉眼間就把整個油槽喝得一滴不剩。醉拳家說了一句「多謝招待啦」，然後把火焰噴射器扔還給斷罪小弟——斷罪小弟接都不接，任由火焰噴射器砸落在地上，自己則是把沒有頭顱的身體轉向正面，擺出與先前不同的姿勢。「…………？」看到這個姿勢，醉鬼女似乎也有所察覺。因為斷罪小弟已經斷了一隻手，不知道的人恐怕看不出來，不過『寅』可是明眼人。「喂喂，竟然是蛇拳……很好，好得很啊。現在已經幾乎看不到醉拳打蛇拳了。」『寅』一邊說一邊露出欣喜的表情，不過下一秒鐘她「吼嚕」一聲，臉色突然瞬間垮了下來。感情像這樣劇烈起伏固然是醉鬼最典型的習性，不過『寅』露出齜牙咧嘴的表情，看起來甚至像是暴怒般「吼嚕嚕嚕嚕嚕」的低吼聲則是稍微有點極端。「嗄？那是怎麼回事？你真的只是一般的屍體嗎？原來只是被某個人操控的死屍啊，真是混帳。」而且兩人打了半天，她到現在還說出這種話。不管她知不知道關於『造屍者』的知識，就算是醉鬼不靈光的腦袋到了這時候似乎也明白了——沒錯，那是因為她扯斷的右臂斷面連一滴血都沒流。

……斷罪小弟被『卯』殺害之後已經過了好幾個鐘頭。屍體已經開始慢慢僵硬，動作更加遲緩，而且體內——屍體內的血液也已經完全凝固。雖然殭屍原本緩慢的動作不會因為這樣而有多大的變化，可是這對『寅』——這位『醉血更勝於醉酒的醉拳家』來說好像是一件難以接受的事情——「啊——真掃興。不打了不打了，無聊透頂！今晚的虎徹本來還渴望痛飲鮮血呢！」她說完後自己解除戰鬥狀態，站了起來。雖然『寅』的理由很自我中心，不過從大局來看，她這時候不想戰鬥其實一點都不奇怪。撇開想要痛飲鮮血這種戀物喜好，目前她是十二大戰中的其中一名生存者，在這時候和斷罪小弟戰鬥幾乎只有害而無一利。『巳』的屍首在開戰前就已經被殺，所以他根本就沒有吞食——沒有持有大戰規則中最重要的道具劇毒寶石。所以就算這時候和他交戰，打贏了也一無所得。嚴格說起來打贏他能夠削弱 RABBIT 一幫人的戰力，還是有戰略上的意義。但這不是『寅』現在非做不可的事。如果她仍是想要在最後取得勝利的話，這時候也可以選擇把這具屍體交給——推給其他與自己競爭的戰士。這樣做雖然有可能會讓 RABBIT 一幫人的人數繼續增加，但發生相反情況的可能性也不是沒有。要是一切進展順利的話，也有可能發展成戰士與屍體兩敗俱傷的局面。另外最糟糕的情況，自己也有可能因為一時不察而敗給死屍，所以『寅』根本沒必要去拿自己的命玩這種無利可圖的賭局——且不論已經醉到七葷八素的她是否有想這麼多，至少她似乎完全不想打了。她不想打之後彷彿真的沒了鬥志一般，當真就想要離開現場。把對手的右手與武器給廢了，到頭來竟然還想棄戰擅自離去，這種任意妄為、恍若無人的態度十足令人無法想像，可是已然成為一具屍首的斷罪小弟一點反應都沒有——不，『寅』這個舉動讓他也不得不做出反應——『寅』與眾不同又恍若無人的行為讓斷罪小弟猶豫不知道該怎麼反應才好。

不過這不代表他對『寅』恍若無人的態度感到生氣或憤恨。因為身旁只有一具屍體，在某種意義上『寅』本來就是旁若無人，斷罪小弟也不是要她態度放尊重一點——但她現在就要拍拍屁股走人，到底該不該追殺。就斷罪小弟接收到的命令來說，這一點實是互相矛盾。就像在電腦裡輸入不正確程式就會造成程式錯誤一樣，就算死屍對『造屍者』再怎麼忠誠；就算『好朋友』絕不會背叛『夥伴』，要是命令本身就有矛盾之處的話就沒辦法依令而行。比方說就算要『巳』飛上天，這個要求對他來說也是強人所難而已。就算要他『面向右邊的同時又向左』，『巳』也還是無能為力。不過關於第二道命令，他已經是一具屍體了，或許拚著把身體折斷也會執行命令也說不定——總之斷罪小弟現在接收的命令是與他鎖定的目標『子』戰士寢住交戰，並且殺掉他——妨礙這項任務的戰士一同殺掉。乍看之下這道命令好像沒有任何不當，內容也足以應對任何情況——對於無法思考的屍體本來也沒辦法下太複雜的指令——可是這項指令卻沒有說明要拿『不妨礙斷罪小弟追殺寢住的戰士』怎麼辦。這個醉鬼舉措不知其目的，曾經妨礙任務卻又翻臉違背原本的意思而去。斷罪小弟始終無心追擊，最後的結果就是猶豫不決。他這具屍體也明白這時候不能放『寅』就這樣走掉，可是卻沒辦法採取適當的行動，最終使得『行屍走肉』就這樣停止活動——當然這也只是短短一瞬間的事情而已。死屍不會反覆猶豫再三——只要『寅』完全消失在現場就沒事了。就算『寅』還留在現場，這也不是什麼無解的問題。斷罪小弟判斷既然自己接收到最重要、最尊崇的命令是追殺『子』戰士，那就應該追蹤『子』而不是『寅』才對。

……順帶一提，下命令要斷罪小弟對付『子』的『造屍者』卯戰士，其實下達指示的時候沒有把這道指示當成什麼『最重要、最尊崇的命令』。只不過當時為了要讓『申』成為自己的眷屬、為了把可能礙事的眼中釘趕走，所以才會指示斷罪小弟的無頭屍體去拖住少年『子』——這道命令現在只是還沒取消，所以仍維持效力，其實沒什麼舉足輕重。要是『卯』有其他指令要下，二話不說就會把這道程式刪掉——應該不是單純忘了要取消。總之斷罪小弟就這樣死心塌地守著一道只是等著被取消的命令，解除對『寅』的鎖定之後，繼續對少年『子』展開追擊。就在此時——

「我是『丑』戰士——『為殺而殺』失井。」

一柄細長的軍刀往屍體的身上砍來。

4

這次飛出去的是左手臂。和『寅』用蠻力扯斷的右手不同，左手的切斷面非常平整，彷彿可以拿去做顯微鏡觀察一般。傷口裡當然也沒有流血。斷罪小弟失去平衡，當場倒地……這下子斷罪小弟的腦袋與兩手全都與身體分了家。這樣他還是沒死——不對，死是已經死了，但肉體仍然沒有消滅，還在左右扭動想站起來。

「…………」一臉陰沉的戰士『丑』默默低頭看著斷罪小弟的身軀掙扎，他的態度好像在等著敵人重新站起來，與其說是戰士的作為，其實應該是對付一具死屍時該有的謹慎小心。因為敵人和活人不一樣，不曉得會做出什麼匪夷所思的舉動。像這種情況下，既然無法用刺殺的方式讓屍體停止活動，最正統的做法就是破壞身軀使之無法活動。所以他第一刀先砍掉手臂不是故意砍歪，更不是手下留情。這是凌遲——死屍站起來之後就砍腳。管他什麼『造屍者』、管他什麼『行屍走肉』，只要實際上打到動彈不得，就和一般的屍體沒兩樣了。『丑』和那個代表『寅』的女孩不同，具有很強烈的戰士意識。當他發現『亥』的屍體在路上晃蕩的時候，沒有輕易靠近那一看就知道有問題的陷阱。可是既然發現有機會打倒死屍，他當然不懼危險、不計得失，就算敵人是『行屍走肉』也只是『為殺而殺』。「嗯……不，再等一等吧。何必這麼急呢？」這時候『丑』不是向掙扎著要站起來的斷罪小弟屍首講話。如果『申』是和平主義的信奉者，那麼『丑』就是非常虔誠的理性主義修道者。他覺得『對屍體說話』只是一種自我解讀的行為，一點意義都沒有——所以他告誡的對象是又重回現場、口中發出『吼嚕嚕』低吼聲的『寅』。不久前才說要離開這裡的『寅』，講完沒多久又突然折返——而且這次打一開始就擺出四肢著地的架勢。她剛才像喝水一樣把那麼多揮發性的油料喝下肚，現在想當然不只有嘴巴，全身都乾渴無比。看來她似乎是察覺到有人在戰鬥，所以又折回來——雖然喝得酩酊大醉……又或者該說正是因為喝得酩酊大醉，她對一些常人不會注意的地方特別敏感。『丑』刀法精熟的軍刀在砍斷斷罪小弟右手臂的時候當然沒有發出一點聲音，她聽到的或許是手臂落地的聲音吧。又或者——

又或者飲血而醉的猛獸是嗅到了血腥劍士身上的氣味也說不定。

四肢伏地的猛獸與陰惻惻的劍士在扭動掙扎的屍體兩端互相對峙。這種情況極其怪異，無意當中形成了三方對立之勢。不過雖然有三方，他們卻不是青蛙、毒蛇與蛞蝓，而是蛇、虎與牛這種恐怕打起來勢不均、力不敵的三方——「能不能再等一等呢？我現在想先把這具屍體收拾掉……放心好了，我一定會百分之百要了妳的命，不會讓妳變成像他這樣悽慘的殭屍……我猜妳應該是『寅』戰士吧？」「……沒錯，俺就是。」『寅』這麼回答道，態度不像剛才和屍體戰鬥的時候那樣輕浮——彷彿像是喝醉酒就不講話的人一樣，也不插科打諢，雙眼惡狠狠地盯著『丑』。「你就是『丑』對吧？『趕盡殺絕的天才』戰士失井——」「唔，妳認識我嗎？我們曾經在哪裡有一面之緣嗎？」『丑』這麼問道。『寅』的口氣聽起來不像單純只是因為『丑』名氣響亮所以知道他。可是『寅』沒有回答——她就只是用手爪把柏油路一塊一塊刮下來，好像在磨爪子一樣。『吼嚕嚕嚕嚕嚕……』先前她得知眼前蠢動的斷罪小弟是一具血液早已凝固的屍體的時候也曾發出吼聲，不過現在的吼聲比之前那時候更加低沉。『丑』一聽，嘆了一口氣。「真是的，看來我好像曾經在哪裡招致妳的怨恨。十之八九是我殺了妳的父母還是親人吧。」『丑』好像在說一件經常發生、不足為奇的事情一般，原本指著斷罪小弟的軍刀刀移向『寅』。看來『趕盡殺絕的天才』似乎判斷能夠在斷罪小弟的屍體站起來之前把『寅』戰士解決掉，就算殺人順序交換也無傷大雅。「我是『丑』戰士——」「我是『寅』戰士——」就在兩位戰士、兩位十二大戰當中有機會獲得優勝的戰士正要同時報上名號的時候，卻被人打斷。自報名號的時候被人打斷，『丑』自然不用提，就連『寅』也是一樣，成為戰士之後第一次遇到這樣令人難以忍受的暴行。

斷罪小弟那隻被粗魯扯斷的右手以及被整齊砍下的左手竟然——分別跳到『寅』的頸子與『丑』的喉嚨，五隻手指深深扣了進去。

斷罪小弟那雙已經和身體分家的手臂不是要掐脖子，而是恨不得把頸骨給折斷一般，意欲把下手切斷手臂的凶手喉嚨捏碎。「吼嚕嚕……」「嗚……呃。」人類的身體究竟到哪裡算人類，生命究竟到哪裡算一條命——兩隻手臂彷彿要把兩名強壯的戰士連同這些生命的倫理一同捏碎在掌心當中。

無頭無手的屍體還沒能站起身來。

5

從空中有一道視線看著這個景象——『丑』、『寅』與一具無頭屍體再加上左手屍塊和右手屍塊打在一起的亂鬥。那不是『鷹覬鶻望』。不但不是，視線的高度甚至比『鷹覬鶻望』還更高，比鳥類的飛行高度更高上許多許多，幾乎是從平流層悠然自得地往下俯瞰。那道視線的主人與其說在觀察戰鬥的局勢演變，其實更像是在關懷不成材的弟弟努力奮戰的模樣，他就是比鳥類更能自由自在遨翔天際、干支十二獸當中唯一的幻想生物『辰』的戰士——斷罪大哥。

（第七戰——終）

（後攻待續）

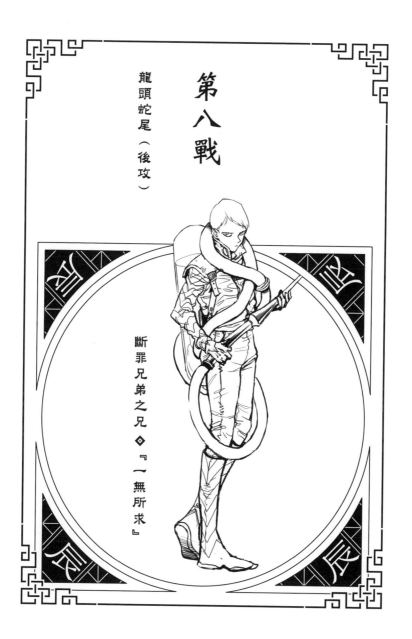

第八戰

龍頭蛇尾（後攻）

斷罪兄弟之兄◇『一無所求』

本名積田長幸，(戶籍上) 十一月十一日出生。身高一六四公分，體重五十八公斤。雖然他是與雙胞胎弟弟一同戰鬥的戰士，但帶頭的還是他這位大哥。雙胞胎兄弟倆從頭到腳沒有一處不同，唯一能夠分辨雙胞胎兄弟的方法就是哥哥是用『本大爺』來稱呼自己。所以對知道的人來說，一聽就能分辨出誰是誰。不過兄弟倆也不玩什麼交換身分的把戲，所以兩位當事者倒不太在意。身為戰士，斷罪兄弟沒有什麼原則。只要錢的事情談得攏，不管是任何國家、任何大小戰爭他們都願意插一腳。戰士不應該有這種態度，所以他們在干支十二家族中每每成為懲罰的對象，但還是死性不改。以下是兄弟倆出庭彈劾審判時，哥哥為弟弟辯駁時提出的反駁言論:「就算對有錢人徵收高額稅金，到頭來這些稅金還是用在那些有錢人身上。所以本大爺兩兄弟才要教教他們稅金怎麼用才正確。」事實上兩兄弟參加那些近乎是瀆職的戰鬥，從資產家或是有錢人士身上詐取金錢，而這些錢幾乎都用在慈善事業上。他們會把大量殺人所賺來的錢，用來拯救一個不幸的孩子。這不是因為他們是俠盜或善心人士，更不是什麼其實兩兄弟是大好人或是傲嬌之類，而是因為他們把『為惡賺來的錢做善事花光』當成一種『遊戲』玩，如同酒精中毒般沉迷其中。但兩人時常告誡自己，在假裝『自己其實是好人』的時候別當真變成好人。弟弟身上背著火焰噴射器『人影』，而哥哥背的則是寒冰發射器『逝女』（註）。槽體裡裝的是液態氫。老實說他覺得這東西用起來不如『人影』那麼好用。

註　日文發音同『雪女』。

1

雖然這只是比賽到一半的統計，不過我們就來整理一下第十二屆十二大戰目前參戰戰士手上各收集到多少比賽規定的勝利條件，也就是那些劇毒寶石。因為大家的目光都被戰士之間的廝殺吸引，所以有時候會混淆。有資格獲得優勝的，就只有把包括吞進自己肚子裡那顆在內，十二顆寶石全都收集到手的戰士。目前第一名的還是『卯』戰士憂城——除了體內的寶石之外，他另外還有三顆寶石。這三顆寶石分別屬於被一刀刺穿的『亥』、肺部遭到破壞的『申』以及死於烈火當中的『午』。嚴格說起來燒死『午』的其實是『巳』屍體所發射的集中砲火……不對，是集中縱火。可是他這個『造屍者』當然對夥伴的動向大致都很清楚，不久之後就收取了『午』的寶石。把熔解的金庫解體固然不簡單，要把具有防禦術『鐙』的屍體腹部剖開也得花費一番工夫與巧思。這時候身為『申』這位仙術師的屍首就派上用場了——這支團隊名副其實體現出成員之間互補互助的精神。雖然他們最缺乏的就是良知，不過既然團隊成員包括活人與死人都沒有這種東西，當然也無從互補起。先按下這一點不談，擁有寶石數量第二多的是『丑』。目前他殺死的戰士只有『酉』一人而已，可是在這之前『酉』就已經拿到『戌』的寶石，所以包括自己的寶石在內，『丑』手上有三顆寶石。而『寅』有自己與『未』的寶石，合計兩顆——就算喝得再醉，她至少沒忘記參加十二大戰該做什麼事，沒有忘記從老人的懷中拿走寶石。不過她喝得醉醺醺的腦袋沒有能力去懷疑為什麼『未』的寶石會放在懷中，用爪子撕開老人身體之後裡面反而什麼都沒有……無論如何，她擁有的寶石就是兩顆。這樣說來，目前『子』與『辰』就只有自己體內的寶石，所以同樣都是吊車尾囉？那也未必。別忘了，『辰』在最初大家還搞不清楚狀況的時候，就利用兄弟身分的特權把大戰開始前淘汰出局的『巳』原本該拿的寶石占為己有——所以現在只有『子』一個人名列最後，『辰』與『寅』同樣都是第三名。

照這樣陳述，聽起來『辰』好像完全展現出傳聞中的惡劣面，可是實際上他這麼做風險也很高——事實上十二戰士當中就有人不只認為他的舉動很卑鄙，而且還很愚蠢——做這種事只會變成眾人的目標，根本百害而無一利。等到比賽規則揭曉之後，這次十二大戰的本質真的就是參賽者彼此搶奪、競奪寶石。從投資報酬率的觀點來看，一開始就獨自擁有兩顆寶石的人根本就是絕佳的目標——誰都知道要是大戰當場直接開打的話，他一定會成為眾人獵殺的對象。像這樣的立場很有可能會被所有人狙殺，『辰』這樣做就像是自願當箭靶一樣。不過雖然如此——

雖然如此，他——斷罪大哥到現在仍然尚未和任何人交過手。

……仔細一想，這其實相當不正常，可以說是在這次十二大戰當中最為異常的事情。隨著大戰進展，一開始就擁有兩顆寶石的優勢與風險現在都已經和人打平。不過至少在初期的時候，他還是一個打贏之後獲利豐碩的對手，應該很容易被人盯上才對。不過他卻沒有和『子』、『丑』、『寅』、『卯』、『午』、『未』、『申』『酉』、『戌』、『亥』當中的任何一人打過。無論本人再怎麼不願意和人交戰，一般來說也不可能這麼順利避開每一場戰鬥。連崇尚和平的『申』都被迫不得不動手了，由此可見一斑——而擁有寶石數量最少的『子』也和『申』碰面、和『酉』不期而遇、被『巳』的屍體追著跑，然後和『午』交談，還是會和參戰的戰士打照面。回想起來，打從十二大戰開始，戰士們各自分道揚鑣之後就沒有任何人看到過斷罪大哥。難道他在戰局陷入膠著之後躲得非常隱密，讓所有人都找不著嗎？隱密到就連『鷹覷鶻望』與『造屍者』都找不到嗎——雖然根本不可能有這種事，不過這也難怪。

斷罪大哥在大戰開打之後就一直置身在所有人、所有道具都看不到的天上——不，應該是『天空的上面』才對。

他根本連躲都沒躲，而是雙手昂然交抱，彷彿睥睨著眼下的一切。這就是斷罪大哥的獨門絕藝，他身為戰士的王牌與一般技能——名為『天之扣留』。無論『酉』戰士的『鷹覷鶻望』再怎麼鳥瞰地面，也不可能看見位於更上方的斷罪大哥。龍這種幻想生物居住在天上，永遠都是睥睨萬物的那一方。此時此刻，他也正沉默不語地遠眺地面，看著遙遠正下方的鬼城當中，『丑』、『寅』與自己弟弟『巳』的屍首進行混戰。（本大爺的弟弟還真是給人利用到底了。可是他不但燒死『午』，而且還要用抓喉嚨的方式把『丑』與『寅』同時絞死，在他活著的時候絕不可能有這番出色的成就。只不過——）先前在起點的時候，斷罪大哥在其他戰士面前表現出一副輕佻的表情，此時他臉上卻完全看不到那時候的輕浮。他那從容不迫的態度反而讓人感受到穩重的氣質。他們兄弟倆平時有一種傾向，比較自我封閉，不在乎外人對自己的看法是否正確。所以該說是喜歡刻意裝出無惡不作的模樣嗎？他們總是會誇張地裝成一副吊兒郎當的年輕人模樣——就連弟弟在面前慘遭殺害，斷罪大哥都還能繼續『演戲』。不過也多虧如此，他也才能順利拿到原本屬於弟弟的寶石——其實眾人都不知道，斷罪大哥的個性沉著冷靜。耐心十足，能夠在天上待好幾個鐘頭。而且還有卓越的智慧，可以正確分析弟弟——弟弟亡骸的戰鬥。他過去就像這樣觀測過無數戰場，眼光獨到。而弟弟的奮戰已經直讓他這位戰場鑑識家瞠目結舌，但他也不是只一個勁兒地欣賞弟弟的戰鬥而已。（那兩個人怎麼樣應該也不可能就這麼被掐死吧。這下本大爺該怎麼辦才好呢？本想就這樣從空中繼續隔空觀戰直到最後一刻。撇開『寅』不談，現在有機會可以把優勝第一有力人選的『丑』老兄除掉，或許不應該白白放過這個大好良機——）

2

「吼嚕嚕嚕嚕嚕嚕嚕嚕嚕……」『寅』只是一個勁兒地發出低吼聲，卻沒一點作用。她用手爪抓個不停，想盡辦法要把斷罪小弟扣住自己脖子的手臂扯下來。可是因為她的頸子被按住，手上使不出力來。這樣根本使不出什麼醉拳不醉拳，就算想要出拳痛打抓住脖子的敵人，可是要打的身體卻還躺在隔了一段距離的地上爬。『丑』雖然沒有像『寅』一樣發出低吟聲，但也和她面臨相同的困境。斷罪小弟的右手臂和『丑』的喉嚨貼太近，不能用軍刀刺。他那身已臻藝術境界的刀法不是用來對付這種只有手臂的敵人——不過這隻手真是力大無窮，根本不像是人類使得出來的力氣。就算是戰士也不可能有這種異常的力氣。饒是體型巨大的『午』可能也沒有這種蠻力——難道因為這是受到『造屍者』控制的屍體嗎？就是那種所謂『人類在日常生活當中壓抑自己的力氣，只發揮一小部分。但要是除去限制的話就能把潛力完全發揮到百分之百』的理論嗎？就算真是如此，扣住兩位戰士喉嚨的臂力也實在太強了。

既已陷入呼吸困難當中，饒是兩位戰士看遍江湖上蛇虺魍魎也不明白。現在這種可怕的力量可以說正是斷罪小弟身為蛇類的真正能力。蛇類的生態就是把獵物團團圍住、纏繞不放，然後用力勒緊——把獵物的骨骼夾得粉碎之後好吞嚥下肚。如今斷罪小弟的手臂即將達成的偉大戰功就像蛇勒死獵物一樣——再說蛇虺魍魎這句話裡頭本來就有一個蛇字。「吼嚕嚕嚕嚕嗚……」『寅』的低吼聲愈來愈無力，嘴角一邊吐出白沫。雖然她好像還勉強清醒，但這樣下去的話，昏厥也只是時間的問題了。「…………」『丑』看在眼底，開口對她說道：「『寅』戰士，妳還聽得見我說話嗎？」他的喉嚨被捏著，沒辦法拉大嗓門說話，不過似乎還是傳進『寅』的耳裡。「啊……嗄？」她回瞪『丑』一眼。「幹麼？別隨隨便便叫俺。」或許是因為聽見『丑』之後意識又清醒過來，『寅』又像這樣表現出堅強的態度回嘴罵道。『丑』見狀咧嘴一笑，陰惻惻地咧嘴一笑。「我了解妳因為某種理由對我懷有恨意……不過了解歸了解，我還是想找妳一起合作。」「啊、啊啊？你說啥？少說這種擾人酒興的話……」「妳放心，這只是一時之間的合作，好突破現在這個狀況而已。團隊合作是生死競賽勝利的基礎……不是這樣說的嗎？」「吼……吼嚕嚕。」聽到對方的邀約，『寅』用更加凌厲、更加凶狠的目光瞅著『丑』——『丑』見『寅』似乎不會接受自己的提案，又繼續說道：「只要解決現在的困境，之後我就會依照妳的條件，如妳的所願答應和妳決鬥——來一場和十二大戰無關，一對一的單挑決鬥。聽好了，不是妳向我求戰，而是我向妳提出決鬥。」「！」『寅』好像真的酒醒似的，露出驚訝的表情。也難怪她這麼吃驚，無論是用哪種形式，只要是熟悉『丑』戰士失井的人不可能不了解他這句話有多少分量——這名孤傲的戰士光是主動要和別人合作就已經很讓人驚訝了，誰想像得到現在他竟然要提出決鬥邀約。「吼……吼嚕嚕……明、明白了。俺就接受吧。那……俺要怎麼做？」姑且不論精神層面如何，『寅』的身體可能已經快要撐不下去了吧。她用催促的口吻急急向『丑』問道。「妳什麼都不用做——只要照現在這樣繼續口吐白沫就好了。」『丑』語畢，把手中那柄不管脖子被勒得再緊都沒脫手的軍刀使盡力氣往『寅』扔過去。不，他的目標是快要把『寅』的脖子捏斷的斷罪小弟右臂——也不是。『丑』扔出去的軍刀只是喀啷一聲用力砸在『寅』腳下的柏油路面上，甚至沒刺中地面。彷彿天才如他也會呼吸困難、痛苦難耐，出手無力而射偏。

軍刀爆出幾點火星。

「吼嚕!?」差點又要再次昏厥的『寅』一下子完全清醒過來——那是當然的，不管在什麼情況下，任何人只要渾身起火都一定會醒過來。『寅』不知所以然，忍不住倒在地上——自己的身體忽然燒起來，讓她腦袋一陣混亂。不過在『丑』的眼裡看來，這種現象一點都不奇怪。他是故意用自己的軍刀在『寅』的腳下擦出火花的。『寅』原本口吐白沫，只要看到她嘴邊的唾沫——不，聞到她全身散發出的酒精味，就知道點燃火種的話，她身上就會燃起熊熊火焰。她為了打醉拳，咕嘟咕嘟喝掉那麼多酒，然後還把火焰噴射器的油槽給喝乾，就連嘴裡吐出來的唾沫都能引火點燃。「嗚……嗚喔喔喔喔喔喔喔喔喔喔喔喔喔喔！」『寅』一邊發出如咆哮般的呼喊，一邊把著火的外套扯下來，然後在地上打滾。當碰到火災，火勢燃燒到衣服上的時候用這種方式處理自然是正確的。可是現在燒起來的不是衣服，而是她自己，就算在地上滾再多圈，怎麼樣也沒辦法把火舌熄滅——『丑』斜眼看著『寅』在地上滾，一邊把她隨便扔在地上、還在熊熊燃燒的外衣直接用手輕輕拿了起來，然後宛如鬥牛士輕抖紅布一般，手腳俐落地把那件外套裹在扣著自己脖子的斷罪小弟左手上。雖然撲面而來的高溫熱氣讓他自己也吃不消——可是著火的外套裹著不放沒多久，原本可能會把他脖子骨頭捏碎的左手屍體忽然迅速喪失力氣。

這時候才真正像是喪失生命般，變成一般的屍體。

「這姑且算是火葬……送上西天吧……」『丑』把左手臂扯下來，順手扔在地上——「咳、咳……哈」就連他都當場蹲了下來用力咳了幾聲，看起來頗不好受。饒是天才如他，剛才的局面似乎也讓他半隻腳踏進鬼門關，差點沒了性命——證據就是斷罪小弟在他的喉嚨上留下一道深深的掌印。那道掌印已經不能只用青腫來形容，連皮膚都已經破裂，鮮血淋漓。『造屍者』所控制的『屍體』一旦開始活動就永不停止——就算千刀萬剮、大卸八塊，每個部位還是會各自活動。但還是有些狀況能夠讓這些屍體突然停下來——沒錯，先前輕易死在『丑』手中的戰士『酉』用『鳥葬』把『亥』的屍體『供奉』到一片肉塊都沒剩下。而『丑』沒有和『酉』說過話，既沒聽過也沒看過這個案例，可是這個人畢竟是『趕盡殺絕的天才』——他是根據先前來這裡之前看到的其他例子推論出來的。

所謂其他例子就是『丑』沒能輕易殺掉的『午』燒到焦黑的屍首，就是那個在金庫中悶燒至死的巨漢屍首——雖然直接的死因應該是缺氧導致窒息而死，總之他的屍體不會活動，就只是普通的屍體而已。就像『寅』一樣，『丑』也是為了探探那場大規模火災的情況而前往銀行，他繞過去之後發現『午』體內的劇毒寶石已經被挖走了。當時他還沒有什麼特別的感覺——『丑』不是那種糾纏不清的天才，不會想要追殺自己沒能殺掉的對象——現在一看，把那個銅皮鐵骨的『午』燒死的人很明顯就是『造屍者』手下的『巳』，比黑暗中的火焰還明顯。不過『午』卻沒有因此變成『行屍走肉』——由此看來應該有什麼合理的原因才對。『丑』就是用這種方式推理，靠一己之力找到『殺死屍體的辦法』。「其實也可以說就只是用火燒，再殺一次而已。只要利用高溫燃燒，讓細胞壞死，自然就無法活動了。接下來……」『丑』只有短短幾秒鐘表現出呼吸困難的樣子，之後立刻就站起身來——雖然受到的傷害並未恢復，但事情還沒了結，沒有時間讓他慢慢休息——「嗯？」『丑』向在地上打滾的『寅』看了一眼，她也已經把身上的火撲滅了。雖然喝醉了酒，但『寅』畢竟是身經百戰的戰士。『丑』什麼都沒說，一開始她還搞不清楚狀況，不過之後就察覺『丑』的意圖所在。雖然她想到的不是什麼『火焰對造屍者有效』或是『只要讓細胞壞死就好』之類的理論性結論——就算換作是別人，可能也很難理解——可是她發現『丑』的計畫就是想要用火燒屍體的手臂。所以她才會一邊在柏油地面上打滾，在撲滅身體外側火焰的同時，反而把掐住自己喉嚨的右手臂抱在胸前，把它燒死——把屍體燒死。等到她全身的火舌都熄滅的時候，那隻死纏爛打、折磨她的右手同樣也軟軟地喪失力氣——完全失去握力。「你……你這混帳！」雖然『寅』也因此撿回一條命，即便如此事後她也不可能向啥都沒說就讓自己身上起火的『丑』低頭道謝。「俺要宰了你！宰了你！宰了你！宰了你！這可不是小孩子惡作劇玩火啊，吼嚕嚕嚕嚕嚕！」「看妳這麼有精神，應該不會影響之後我們的決鬥。好像也沒有什麼嚴重的燒傷。」面對情緒激動的『寅』，『丑』只是這麼短短回了一句。『寅』不覺得有什麼好謝，他也不覺得有需要道歉——就他的角度來看，他認為自己只不過是依照程序，獲得『寅』的合作之後做了該做的事情而已，有什麼道理要受人譴責。『丑』到此也不和『寅』繼續多說，直接把目光從『寅』身上移開，一邊小心翼翼地把先前為了應急而不得不隨手扔出去的愛刀拾起，一邊轉而面對『還沒結束的事情』。

也就是——斷罪小弟那具好不容易終於站起來的無頭無手屍。

「好了……沒想到會這麼棘手啊，這玩意兒……」就算擺脫了生死一瞬間的危機，他流露出的氣氛依舊還是一樣陰沉——這也難怪，因為他現在沒有什麼好辦法應付斷罪小弟的無頭無手屍。他知道就和手腕一樣只要火燒就可以，可是說歸說，現在沒有火種可以引火。雖然費了一點工夫，但『寅』終究還是自己把火撲滅。燒一隻手臂也就算了，要把一個人的身體燒掉是多大的工程，如此可見一斑——他需要相當旺盛的火焰，可是原本沾在『寅』身上的那層揮發性可燃物質經這麼一燒之後應該所剩無幾。要是附近有加油站的話就另當別論，只可惜天下似乎沒那麼好的事——視線所及之處雖然莫名立著一座充電站，但要是讓那具屍體觸電的話，可能反而會讓它更活蹦亂跳。如此說來也只能用軍刀應戰，不過要是胡亂切斷的話又會上演剛才那齣低俗笑鬧劇。不管是砍腳、砍身體，斷腳或是內臟都有可能會從地上爬來束縛住『丑』。『凌遲』對『造屍者』不但沒用，還只會造成反效果而已。

……如果要再補充說明的話，不是隨便一個『造屍者』都是這樣。雖然都叫做『行屍走肉』，但還是有許多不同的類型，有些殭屍只要頭部粉碎就會失去行動能力——斷罪小弟之所以會這樣一直活動，打都打不死，一部分的原因固然是『卯』的『造屍者』才能不同一般——再加上斷罪小弟也是一位不遑多讓的優秀戰士。『地之善導』——他生前這種類似聲納，藉由地面震動能夠感應四周狀況的戰鬥方式證明了他是那樣地死纏爛打，即使身軀被大卸八塊也還能繼續打下去。如果斷罪小弟沒有在十二大戰開始前就遇害，而是用一般方式參戰的話，他的實力或許還能夠成為冠軍候補人選——如果運用得宜，『地之善導』將會是絕佳的偵查工具，不只能夠掌握這座鬼城建築物之內的一切，就連地底下都逃不脫他的法眼……或許『卯』就是知道這一點，所以才會盡早——實在太早了——就殺掉斷罪小弟，讓他成為自己的夥伴。

「吼嚕嚕嚕嚕」。正當『丑』與無頭無手屍對峙，正沒奈何的時候，身上沒了酒臭味卻飄散出焦臭味的『寅』也起身站到『丑』的身旁——雖說起身，不過她的起身還是四肢著地。「你這混帳，之後咱們好好說個清楚。」「洗耳恭聽。不過這應該代表打倒這具屍體之前，我們都是合作關係吧？」「吼嚕嚕」的低吼聲不曉得是ＹＥＳ還是ＮＯ，不過『寅』這時候並沒有向『丑』張牙舞爪。她也已經學到，了解自己一雙手爪對斷罪小弟沒有用，反而只會讓情況更嚴峻。就算猛撕猛扯、剜抓切斷，敵人也只會愈變愈多而已。仔細一想，十二大戰史上從沒發生過這麼滑稽的狀況。兩位冠軍候補聯手對付一個已經沒命的死戰士卻還束手無策——

3

（雖然看起來很棘手，但其實不是全然無策——）在遙遠的天上，斷罪大哥交抱著雙臂用他那對龍眼而非鷹眼俯瞰著這場戰鬥，冷靜分析。（因為本大爺的老弟也一樣束手無策——現在無頭無手的情形之下，根本沒辦法同時和兩個人較量。而且現在不是『誰先出手誰就輸』的膠著狀態。因為對本大爺這蠢弟弟來說，最重要的工作終究還是尋找『子』那個小鬼頭。要是『寅』與『丑』發現這一點，轉身背對本大爺的弟弟逃跑的話，戰鬥就會告一段落。不過要是『丑』老兄那位戰鬥天才轉身落跑的話，本大爺還真想親眼看看——可是現在應該就是時候了）他已經在天上等待時機等了很久——也有心理準備一直等下去，但現在就是闖入戰局最好的時機。就算再繼續等下去，恐怕也不會有更好的機會能夠先馳得點。（呵呵呵……本來都已經死心了。哪知斷罪兄弟現在還有機會在敵人面前展現搭檔默契，就連本大爺都沒想到。真是，手足緣分到死都斬不斷哪——也罷。當弟弟碰上麻煩的時候，做哥哥的永遠都要當那個趕去救援的超級英雄嘛）如果要出其不意下手的話，該殺哪一個呢。全身都被燒過的『寅』剩餘血量好像比較少，但這時候還是應該先把天才除掉才對。斷罪大哥略想了想便做出決定。（拜託你了，老弟——先拖住那兩個傢伙。本大爺一定會記得獻上鮮花素果供奉你）。哥哥在心裡向弟弟這麼保證。

「我是『辰』戰士——『為了賺錢玩樂而殺』斷罪兄弟的大哥。」

「我是『巳』戰士——『為了賺錢玩樂而殺』斷罪兄弟的小弟。」

雖然已經晚其他人不少，斷罪大哥朝正下方直衝下去之前，懷著參戰的決心報上名號之後，不知為何好像聽到弟弟的聲音也一起呼應——雖然這只是他的幻聽，可是在此同時卻有一樣不是幻覺的東西掉落在他的手上。掉落？在這個高度從上面掉下來？什麼東西？斷罪大哥飛得比鳥高、比雲高，在這樣的高度上到底是什麼東西從上方掉下來？

那是弟弟活生生的首級。

不對，身首分離之後已經過了好一段時間，首級的狀態已經很糟糕，稱不上是『活生生』，可是弟弟與自己長得一模一樣，斷罪大哥不可能誤認。他接住的東西千真萬確是弟弟脖子以上的部分，絕不是幻覺。「……………………！」驚人的發展讓斷罪大哥頓時愕然無語，差點沒捧好弟弟的頭顱。他一邊思考……思考什麼樣的理由可以解釋現在這個狀況。（天降動物雨的現象……!?不，本大爺飛得比雨雲還高，而且天底下還沒聽過會下人頭雨——所以這不是『從上面掉下來』，應該是『從底下射上來』的才對！射到比本大爺的飛行高度還更高——然後現在掉下來被本大爺接到！）可是到底是誰，有何目的把他弟弟的人頭射到這麼高的高度？是誰當然不用問——當然就是擁有弟弟屍首的『卯』戰士。這麼一想，目的自然也就呼之欲出了——就是為了找出唯一一個在地面上怎麼找都不見蹤影的戰士，也就是斷罪大哥。斷罪大哥也看到了——當『卯』和『申』交戰的時候，他把弟弟的頭顱掛在樹上當成防盜監視器使用——這次那個『造屍者』用弟弟的頭嘗試空拍攝影嗎!?從比『鷹覷鶻望』與『天之扣留』更高的高度拍攝！（他……他竟然這樣異想天開！）怎麼樣『卯』應該都不可能推測出斷罪大哥是躲藏在天上，但結果他的所在地還是被發現了。弟弟那雙與生前根本不能比的混濁雙眼直直注視著哥哥的臉龐——這個畫面應該已經藉由『好朋友』的情誼傳送給在地面上的『卯』了。（嗚……真是一大失策。一心只專注在弟弟的戰鬥上，竟然疏忽了要注意其他戰士……不要驚慌！不管這顆首級是什麼時候投射上來的，現在只是被他發現我在哪裡而已……我在這麼高的地方，就算是『丑』老兄那位天才戰士也沒奈我何！）只要他人在這裡就萬無一失。相反的，這樣他就會錯失幫助地面上弟弟的機會。可是情況已經不一樣了。比起殺死『丑』或是『寅』，現在更重要的是必須保護自身安全——「好痛！」上臂忽然一陣劇痛。真是太大意了。雖然只是一顆頭顱——雖然是弟弟的頭顱，但已經變成『造屍者』的眷屬了。就像手臂與身體分家之後還會攻擊『丑』與『寅』一樣，斷罪小弟的人頭雖然不是『行屍走肉』，但也是『活動屍體』——人頭的嘴巴就如同蛇一般咬住斷罪大哥的左手上臂。（嗚……打從出娘胎以來，咱兄弟倆還沒吵過架啊！）斷罪大哥一邊心想，一邊伸手要把斷罪小弟扯開。還好不是給他咬到脖子。如果是手臂的話，最糟的情況下只要犧牲一隻手就可以解決——斷罪大哥就像這樣撇開其他事，先想辦法應付眼前發生的狀況。可是斷罪小弟咬這一口的效果比他想像中還更大。他的弟弟生前就是一個非常努力的人——斷罪小弟不是咬到人就會傳染的殭屍，所以被咬到這一口本身的確不怎麼樣，可是被咬的疼痛卻也讓斷罪大哥的視線短短一瞬間從他應該專注觀察的地面上移開。而這短短的一瞬間就已經夠久了，足以讓他送掉性命。

因為在這一瞬間過後，兔子蹦到他的眼前。

那是一隻左右兩手各提著一柄如大柴刀般的利刃、裝扮詭異的兔子。「咦……」「你不知道嗎？阿龍。兔子這種生物啊，可是能跳到月球上的喔。」那隻兔子說完之後，用如同搗藥般熟稔的手法——

「我是『卯』戰士——『殺得異常』憂城。」

一刀把斷罪大哥的身軀橫劈成兩段。

4

手足緣分到死都斬不斷。的確沒錯——就這樣，斷罪兄弟兩人都成了RABBIT一派的成員。而哥哥的屍體就如同超級英雄般，英姿颯爽地前去搭救被兩位強敵包圍而遇上麻煩的弟弟屍體。

（○卯——●辰）

（第八戰——終）

第九戰

追二兔者不得一兔

憂城◘『想要朋友』

詳細情報不明

1

不消說，兔子當然沒辦法跳到月球上。從生物學上的觀點來看，兔子沒有這麼強的跳躍能力，而身為『造屍者』的『卯』戰士憂城也沒有這樣超絕的體能——本來那個超超高度的世界是只有『辰』戰士斷罪大哥能夠存在、沒有生存競爭的世界。發生那麼一場空戰的可能性比發生奇蹟還低。那麼『卯』是如何飛到那麼高的地方？這是因為有憂最信賴的同伴鼎力相助。

『申』戰士砂粒。

正確來說應該是砂粒的屍體——而且如果不是屍體的話，恐怕『卯』還得不到她這樣大力相助。那是因為生前的『申』是世間少有的和平主義者，從來不曾、也不想用這樣的方式行使自己的能力——但現在她成了一具完全被最親愛的好朋友任意利用的死屍，已經沒有任何因素制約她發揮力量。不受任何倫理道德上的約制或是肉體上的約制的砂粒——過去那個號稱『如果不是為了停戰，而是要終結戰爭的話，就連宇宙大戰都能在一天之內收拾掉』的英雄，現在為了『好朋友』憂城，絕對會全力以赴、兩肋插刀。首先她把同樣是屍體的『巳』之頭顱使盡全力向鬼城上空扔出去。把物體往正上方扔可不像說起來那麼容易，但對她來說卻是輕而易舉——困難的事對現在的她而言大多都沒什麼難度可言。唯一讓人不放心的是『巳』的頭顱超過第一宇宙速度，會衝破大氣層。不過就算真的衝出去了，這種困境對憂來說也算不上多糟糕。因為當他得到『申』的屍體之後，在十二大戰當中就占據絕對有力的地位，就算在終點前發生些許失誤也無傷大雅——不過即便已經身死，『申』過去畢竟還是稀世英雄，『巳』的首級最終還是沒有扯斷地球重力，在即將飛出大氣層的時候些微畫了一個弧度，進入下降軌道。她這一扔——把人頭發射進地球軌道的目的就如同『辰』死前猜想的那樣，是為了掌握從現在起到戰鬥結束這段時間的戰況。就像從『鷹覷鶻望』一樣，從天上監視。這麼做一部分的原因也是因為『巳』的屍體被『寅』與『丑』纏住，幾乎跟丟了原先正在追蹤的目標『子』。真要說的話，『申』是為了尋找先前曾經短暫在同一個地方藏身的盟友『子』，才會把人頭扔上天去——這個情況聽起來很諷刺，可是更諷刺的是『巳』的人頭不再上升，進入下降軌道之後竟然掉在與自己有相同基因的雙胞胎哥哥『辰』的手上。這真的單純只是偶然下的產物。雖然畢竟和隕石不一樣，機率還沒有到天文數字的程度，不過也和抽籤中獎一樣低了。要是用比較浪漫的方式形容，這說不定就是從小一起長大、一起並肩作戰的雙胞胎兄弟之間神祕不可解的羈絆。或許小弟雖然已經被殺，但還是想和哥哥見上一面。然而因為這份羈絆，使得『辰』的所在地被人發現——倘若落在別的地方，『巳』的首級還是會從比『辰』還高的高度俯瞰戰場，無論如何他藏身在天上這件事還是紙包不住火。但要是弟弟的首級沒有咬住哥哥的手臂，憂跳上來的時候，說不定『辰』就可以在千鈞一髮之際躲過他的凶刀。不，憂不是跳上來的——他也是被扔上來，一樣也是被『申』扔上來的。

這次『申』是看準了，把憂扔到與『辰』一樣的位置。

真要形容的話，扔擲的動作就和啦啦隊表演類似。可是實際上的情景當然不像啦啦隊表演那樣令人雀躍。如果是生前那個性溫和的和平主義者，她不會把人頭扔上天，所以也不會願意把一個體格比自己健壯的男人身軀往天上拋——可是現在的她不會有一絲猶豫。即便知道自己毫不猶豫扔上天的憂會在天上毫不猶豫斬殺『辰』，她也不會有一絲猶豫——不過已經死亡的她根本也沒有什麼知道不知道這回事了。她只會冷冰冰地遵從憂冷冰冰的命令而已——假如憂說把自己扔去月球，她也會聽命把憂扔到月球上。當然憂隨著重力往下掉之後，『申』也要負責接住他。至於身體被憂手上那兩柄粗豪鋼刀『三月兔』與『白兔』砍成兩截，成為了RABBIT一員的『辰』——『辰』的屍體，雖然他已經喪命，但『天之扣留』的飛行能力依舊，所以用不著『申』去接——而且即便是新加入的屍體，憂也不會當作客人看待。既然已經成為『好朋友』，不管是舊雨還是新知都一樣。憂會一視同仁下指令，就像對待其餘屍體一樣——這就是所謂的ＯＪＴ（On the Job Training）培訓。憂一邊高速向下墜，一邊高速向『辰』發出指令，要他把飛行能力發揮到百分之百，去支援弟弟。兔子有兩隻如翅膀一般的耳朵卻不會飛，眼前明明有同伴會飛，他但卻不會想去攀住，而是派去戰場。要不是對在地面上等待的同伴有絕對的信任，根本不可能這麼做——信任同伴可說是團隊領袖應有的責任。「子、丑、寅，」憂一邊肩負起領袖的責任，在向下墜的時候還一邊折手指低聲數著。「還剩下三個人。」

2

RABBIT幫如今勢如破竹、所向披靡。可是另一方面，『丑』『寅』雙人組與『巳』的無頭無手屍之間的戰鬥已經完全陷入膠著。不，就像『辰』在遙遠天上分析的那樣，事實上戰局並非真的膠著，如果丑寅搭檔要逃的話，其實還是逃得掉。可是『丑』出於身為戰士的自尊，『寅』因為險些沒命的憤怒，使得他們都不會選擇棄戰逃跑。因此這種類似將棋當中千日手的情況應該還會持續下去，可是——

如轟炸機般從遙遠天空上掉下來的上半身與下半身輕易便打破了僵局。

下半身著地的時候把柏油路面踏碎，而上半身則是飄浮在距離地面一公尺高的半空中。眼前的光景一點都不真實，有如在看一齣血腥虐殺類型的恐怖電影。『辰』戰士成就了人類長久以來的夢想『飛行』，原本眾人應該對他投以羨慕的眼光。可是『丑』注視著『辰』那與下半身分離、如無根浮萍般輕飄飄浮在半空中的上半身，眼神中只有侮蔑，彷彿在看著什麼醜惡不堪的東西。如果只是上半身飄在半空中也就罷了，可是那具上半身手中還小心翼翼地抱著一顆與自己五官相同的頭顱。看起來已經不是血腥電影，根本已經是一幅詭異的搞笑畫面了。『丑』對這種不正經——玩弄往生者屍體的行為深痛惡絕……不過『辰』才剛死的新鮮屍體和『巳』的屍體不一樣，鮮血從斬斷的部位流個不停，『醉血不醉酒』體質的醉拳家倒是因為聞到血腥味，因此從差點被殺又差點被燒的狂怒當中稍微清醒了幾分，「吼嚕嚕嚕」發出幾聲低吼。這種反應並非由於戰士的本能，而是出自酒鬼的習性——可是再怎麼嗜血，『寅』也不會就這樣撲上去。現在的狀況比僵局更急速惡化，反而讓她稍微往後退。真是急轉直下——實際上『辰』的上半身與下半身還真的是急轉直下而來。剛才丑寅搭檔至少在人數上占有優勢，可是現在卻變成二打二。不對……

是四打二。

除了『巳』的無頭無手屍之外，再加上『辰』的上半身與下半身，還有『辰』的上半身手中抱著的『巳』頭顱，總共是四個——其實應該是兩個人，總之敵人的數量有四。而且還有一件事丑寅雙搭檔不知道，那就是此時憂已經更改他給『巳』的命令了。新發出的命令是停止繼續追蹤『子』，與哥哥一起——命令專門愛在戰場作亂的斷罪兄弟殺死『丑』戰士與『寅』戰士。因此丑寅搭檔本來還有『避戰』這條退路，現在也已經退無可退了。

憂開始傾全力要結束這場大戰。他命令『巳』的屍體停止追蹤『子』也不是要把那個睡眼惺忪的少年留待之後才收拾，只是因為把『巳』的頭顱扔上天空拍之後，他已經看出『子』大概的逃跑路線，所以派距離比較近的『申』去追殺而已——第十二屆十二大戰即將進入尾聲，現在還活著的戰士只有四個人。站在憂的角度來看，只要殺掉『子』、『丑』與『寅』，他就能獲得冠軍——這時候沒有必要保留實力，要快刀斬亂麻。考慮到少年『子』實際上只不過是到處逃竄，只要在這裡殺掉丑寅搭檔，幾乎就確定他穩操勝券。『丑』當然也感覺得出來情況如此——既然『造屍者』發動總攻擊，他也察覺十二大戰已經快要結束了。也就是說要是在這裡窮耗時間的話，對方可能又會有屍體來增援。「『寅』戰士，妳有沒有什麼好主意？不管是什麼好點子，或是有什麼能夠突破現在這個局勢的特殊技能也好。不管是在天上飛或是在地上爬的能力都行。」「不巧的是俺唯一的賣點就是醉拳……可沒想過有一天會對上身體四肢各自分家之後還能活動的人。」「嗯，這樣啊。妳別在意，因為我也一樣。」單純只是『為殺而殺』的刀客『丑』戰士反而是現存所有戰士當中最缺乏技能的一個，可以說他是最不擅長應付這種異物的戰士——就算撇開這一點，撇開對手是一名『造屍者』，憂與『丑』兩人也勢同水火。像『丑』這樣的天才終其一生都無法了解像憂這樣的奇才——兩人之間的關係只要一見面就會拚個你死我活。「既然這樣，雖然我不太懂這套，但也只好耍耍詭計了。好久沒有研擬那種叫作作戰計畫的東西，我也來想一想吧。看看那個飄浮在半空中的上半身——妳知道他背上背的是什麼嗎？」「不知道。應該和弟弟背的東西一樣，都是火焰噴射器吧？」「完全相反，我敢說那是噴出冷卻液體的噴射器——裡面裝的恐怕是液態氫。」「然後呢？液態氫是什麼玩意兒？」「沒有概念嗎？也就是說——」『丑』話說到一半，戰火突然引爆。看來對手之間的沉默會議比他們先開完——這一點與其說是『造屍者』統馭有方，其實應該歸功於斷罪兄弟生前培養的合作默契吧。大哥把弟弟的首級當成砲彈砸了過來。雖然『巳』的首級完全被當成一顆球，但他沒有任何怨言，只是張大了嘴，朝『丑』咬過來。「這就是所謂的人心不足蛇吞牛嗎？」既然不能用軍刀砍，『丑』心想那就給他咬嗎？可是貿然硬接也很危險。這樣一來好像還是閃開比較好。但閃開之後，要是被那顆人頭制住自己背後的空門，之後情況會如何演變就難以想像了。畢竟人的頭顱體積不大。如果他躲在視線不及之處，應付起來就會困難許多。要是他從暗處突施偷襲又咬住『丑』，導致先前的致命危機重新上演的話，那可真是難堪了。竟然被一顆人頭給咬住頭。「喝！」別無選擇之下，『丑』只好把『辰』扔過來的球往正上方踢去。他的舉動雖然很恰當，但這番恰當的舉動同時也正中斷罪兄弟的下懷——『巳』的頭顱被踢上天，在半空中轉個不停，變成一台從俯瞰角度拍攝全景三百六十度區域的廣角攝影機。頭顱雙眼看到的影像不只是傳達給『巳』無頭無手屍，還經由 **RABBIT** 幫的領袖憂傳送給『辰』的上半身與下半身。這一手只是牽制，好獲得絕對有利的視線角度——既然是『辰』的上半身，當然可以自己把頭顱往上扔，但他想讓『丑』露出破綻——因為屍體兄弟檔的計畫就是在『巳』的頭顱掉下來之前結束這場戰鬥，應該說這是憂的計畫——他的本能意識到對付『趕盡殺絕的天才』不能打持久戰。既然『造屍者』是『趕盡殺絕』的天敵，那麼『趕盡殺絕』同樣也是『造屍者』的天敵。

「我是『辰』戰士——『為了賺錢玩樂而殺』斷罪兄弟的大哥！」

「我是『巳』戰士——『為了賺錢玩樂而殺』斷罪兄弟的小弟！」

要是兩人還活著的話，他們在攻擊的同時一定也會像這樣自報名號。面對他們兩人——不，應該說它們三具屍體豁盡一切的攻擊，丑寅搭檔也勇敢回應道：

「我是『丑』戰士——『為殺而殺』失井。」

「俺是『寅』戰士——『趁醉而殺』妒良。」

最有機會奪冠、鑽研戰鬥技巧已臻化境的兩位戰士聯袂自報名號，這個畫面可說是精彩萬分。可是看到這個畫面，那兩具屍體也不會動心，仍然只是冷冰冰地發動攻擊而已——而這是『丑』與『寅』過去從沒經驗過的連續攻擊，攻擊角度不但立體且來自各種不同方向。不只如此，屍體的攻擊已經超越連擊的境界，根本已經化作一道道令人目眩神馳的閃光。它們占有上方的俯瞰視角，而且還有具備飛行能力的『辰』——辰的上半身本來就飄浮在半空中，而他的下半身當然也有相同的飛行能力，能夠像電玩遊戲那樣實際使出兩段跳躍，踢腿的時候不用每次都得踩回地上。從不可能的角度發動的各種攻擊已經不足為奇，再加上兄弟倆已經是死人，能夠不顧身體傷害，如球體關節那樣運用身體的關節。『辰』從正上方使出一百八十度旋轉的螺旋拳，打得『丑』完全無力還手，只能不斷防守。而攻擊不只來自正上方，連正下方也有——既然天上有龍襲擊，那麼地上就有蛇逞凶。剛才『巳』在『寅』的面前擺出蛇拳架勢，但現在他的動作已經遠遠超越蛇拳，根本已經變成一條蛇了。他躺在地上有如往來爬行一般，打起來動作非常敏捷——『巳』能夠如聲納一般經由地面掌握戰況，他不是用腳底而是以全身感受震動，使盡全力出腿往上踢，攻擊角度比四肢著地的『寅』還低。他從飄浮在半空中的頭部獲得視覺情報，加上地面傳來的震動情報，使出的連續踢腿左右夾擊襲來，同樣也逼得『寅』不得不全力防禦。丑寅搭檔只是臨時組成的聯盟，這時候也只能彼此背靠背，避免彼此背後露出死角——他們畢生從未經歷過這種全方位猛攻，恐怕將來也不會再有第二次，光是能夠防守就已經非常高超了，可是照這麼說的話，斷罪兄弟的合作早已超越人力所及，達到神鬼般的境界。更重要的是，丑寅搭檔之所以無法有效反擊是其來有自——他們不得不轉攻為守是其來有自的。有某個原因讓兩人無法舞刀使劍、無法張牙舞爪地戰鬥——因為他們愈是斬殺、愈是刨抓，敵人的數量就會愈多。先前要是有一點差錯，兩人的脖子就已經被扭斷了。這不堪的經驗絕不能再重蹈覆轍。考慮到這一點，管他斷罪兄弟的攻擊是立體還是多方向，畢竟屍體的動作遲緩，只要防守得滴水不漏——沉著以對的話，縱然對方的攻擊力道十足，但絕對算不上多迅捷。運用刀法與醉拳的防守也還算是守得住——但要是沒完沒了地守下去，顯然最後還是會被突破。一部分的原因也是因為丑寅搭檔這兩個人都是以攻擊為主的戰士，像這種專守防禦的打法比和其他人並肩作戰更令他們不習慣。就連特別專精於防禦的戰士『午』都被RABBIT幫摺倒了。若是不能想個辦法突破僵局，兩人最後就只是死路一條而已。就算有不得已的原因讓他們無法攻擊——無法攻擊的原因？

「原來如此——液態氫啊。吼嚕嚕。」

『寅』終於想到了。雖然有點太遲，但還沒到無可挽救的程度——她立刻就為了目的而展開行動。『寅』的目標不是『巳』那雙朝自己一腳一腳踢個沒完的雙腿，也不是『辰』那具想要從怪異的角度用雙腳夾住『丑』身體的下半身，而是一直想要伸手去拿『巳』頭顱的『辰』的上半身——而且是上半身背著的槽體，凍氣放射器『逝女』。她當然不知道『逝女』這個帥氣的名稱，也不知道液態氫到底是什麼東西。但『寅』雖然處在只能挨打不能還手的情況下，還是能夠察覺有一件事情很不自然。那就是『辰』的上半身完全不動用他的武器。當她和『巳』單挑的時候，『巳』二話不說就對她噴火——難道有不便嗎？不，不對。有某個原因迫使『辰』的上半身無法使用、不得不用武器。他先前把人頭當球砸、當成攝影機使用，之所以能夠做出這種不把人當人看、不把屍體當屍體看的冷酷行為只是因為『屍體不會因為這樣死掉』而已——反過來說，雖然已經喪失生命，但在這種情況下，他們當然還是想盡量避免受到致命性的傷害。要是『辰』

的上半身在這種打到敵我不分的混戰狀況下使用冷卻裝置的話，就很有可能會攻擊到自己的下半身以及『巳』的無頭無手屍。撇開兩兄弟不希望同室操戈這一點，冷卻對他們傷害很大。因為冷卻就是——

最終極的停滯。

「吼嚕嚕！」所謂的龍爭虎鬥就是指現在這個狀況。『寅』從四隻趴伏在地面上的姿勢飛身一縱，朝著飄浮在半空的上半身撲過去。就像先前從『辰』的弟弟手中奪走火焰噴射器一樣，這次她把『辰』背上的槽體搶下來——在搶奪的時候、在把肩帶扯斷的時候免不了也把上半身的一隻手臂也扯了下來。但只要『逝女』成功到手，其他都不過是雞毛蒜皮的小事而已。槽體中裝著液態氫。『寅』當然沒有像之前搶到火焰噴射器的時候那樣，把槽體裡裝的東西喝光。這些液態氫另有他用——好巧不巧，被『丑』踢上天的全景攝影機，也就是『巳』的頭顱也在這時候掉到『丑』的正上方。此時『丑』必須同時防禦來自三方面的詭異攻擊。在這樣的情況下，要是『寅』夠聰明而且夠卑鄙的話，應該會等他被做掉之後再動手——這樣的話不只斷罪兄弟的屍體，就連十二大戰當中實力最堅強的『丑』都難逃一死。可是『寅』既不聰明而且也不卑鄙。她的手爪一挺，在裝有液態氫的槽體上抓住一條裂縫，然後使盡吃奶的力氣，像扔炸彈一般把槽體扔出去。急速汽化的液態氫實際上就像是一顆炸彈一樣，卻是一顆溫度在冰點以下的炸彈——這既不是『鳥葬』也不是『火葬』，可是『冷凍保存』對屍體是一百二十萬分有效。『巳』的首級變成冷凍人頭、『巳』的無頭無手屍也變成冷凍大體，而『巳』的下半身也一樣結成冰塊——每一塊身軀都凍得硬邦邦，根本用不著趁勝追擊。上半身與下半身都喪失飛行能力，掉在地上撞得粉碎。從上半身被扯下來的手腕也掉下來摔碎。原本就在地上轉動的無頭無手屍也被天上掉下來的『巳』自己的腦袋撞個正著，雙方都變成一塊塊碎冰。這豈止是粉碎性骨折，包括皮膚、血肉，屍體的一切都破碎四散——兄弟倆如剉冰般細碎的屍體混雜在一起再也分不出誰是誰，哪些是哥哥哪些是弟弟。攪和在一起、交織在一起，無法區別彼此。同年同月同日生，同年同月同日死。

哥哥與弟弟再也不會分開了。

「很高興妳察覺我的想法，但我還是希望妳能先說一聲再動手。」『丑』平淡地說道，語氣中沒有怨懟的態度。在液態氫炸彈飛過來之前，他千鈞一髮之際才從混戰圈裡飛身突圍而出。這一場戰鬥最大的功勞固然是『寅』以機靈的身手閃過敵人，可是除了她雄振虎威立功之外，『丑』使起牛脾氣直到液態氫氣爆之前還拖住敵人腳步的功勞同樣也該接受掌聲。因為要是他早個幾秒脫身，全景攝影機即時看到影像，至少『巳』的無頭無手屍有可能逃過被冰凍的命運。「吼嚕嚕，這是俺要說的話吧。你不說清楚一點誰知道啊。」「雖然對手已經是死屍，可是它們的『眼睛』似乎還看得見。所以要是講得太明白，說不定會被它們聽到——我果然還是不習慣耍伎倆，不習慣的事情還是別輕易嘗試了。幸好結果順利。」「對俺來說，最順利的結果就是你也和它們一起便成冰棒啦。吼嚕嚕。」見『寅』語帶挑釁，『丑』則也以挑釁回應，說道：「妳真的希望我變成冰棒嗎？我本來還打算要依約向妳提出決鬥呢。」『寅』聽了為之語塞。「只不過——」『丑』又繼續說道：「看來和妳的合作關係得稍微再延長一會兒了——妳發現了嗎？」「……還用得著你提醒嗎。『未』那個老爺子躲得還更隱密一點——喂！你這個混帳，還不快滾出來！」那人想必不是因為聽到『寅』那如同虎吼般的呼喊才乖乖現身——不過也有可能真是聽到有人叫就出來了，實在令人猜不透他有什麼打算——憂就像是從巢窟裡竄出來的野兔一般驀然現身。他似乎是把蓋在附近大樓前面的紀念碑當成掩護躲在後面，也不知道從什麼時候就躲在那裡。自己操縱的兩具屍體都被打成片片碎塊，可是他看起來毫無懼色。態度從容不迫，完全不像是急攻不下才不得已現身的。他就像之前備受詛咒的武器，利刃之下不知已經製造出多少具屍體。不，備受詛咒的應該是手中拿著刀的人才對。「我們兩個會一起上，你應該沒意見吧？先前你都一直採用團體戰嘛。」也不知道憂有沒有聽見『丑』說的話，他只是——

「我是『卯』的戰士——『殺得異常』憂城。」

——這麼說道而已，模樣看起來說有多奇怪就多奇怪——憂應該是前來幫『辰』和『巳』助陣，可是卻沒能及時趕上，照理來說他現在應該已經面臨意料之外的危險才對。他已經把『申』派去追殺『子』，所以必須就這麼獨自面對『丑』與『寅』——雖然局勢如此令人絕望，可是憂卻一點都沒有絕望的樣子。彷彿他早在生前就已經對人生徹底絕望，根本沒有其他物事能夠讓他更絕望了。『丑』根本不明白像他這種戰士腦袋在想什麼。對於不拘於世俗法令的『寅』來說，憂也是和自己徹頭徹尾不同、完全異類的人物。正因為如此——他們才必須針鋒相對。這既是爭奪勝利的戰鬥，同時也是一場生存競爭。

「我是『丑』戰士——『為殺而殺』失井。」

「俺是『寅』戰士——『趁醉而殺』妒良。」

聽到兩人今天第二次齊聲報上名號之後，憂有了動作——雖然他不是屍體而是活人，但是目睹了『丑』與『寅』兩大高手一起稱名的氣派，他也絲毫不為所動。他只是如同吃飯睡覺一般，舉起兩柄大刀就往兩名戰士殺來——可是在丑寅雙人組的眼裡看來，憂的身手實在不算多高明，閉著眼睛都能應付。和剛才斷罪兄弟聯手的惡戰比起來，現在感覺就像是安撫一隻跳過來討抱的小兔子一樣——不過他們兩人當然不會在這時候手下留情。『丑』使起劍術，『寅』則是施展醉拳迎擊『卯』。

軍刀迅雷不及掩耳地砍了兩刀，不多久十隻利爪隨之而來又是兩下。結果憂的肉體被兩人大卸八塊。

雖然這場戰鬥才開打就立刻結束，不過沒有屍體可操縱的『造屍者』本來也就不過只有這點程度——就像這樣，既沒有像電視上的反派一樣發出臨死的慘叫，也沒有像壞人一樣在死前撂下什麼狠話，只有這點程度而已。雙方真正的實力差距極大，沒有機會讓什麼令人意想不到或是驚愕的事情發生。『丑』與『寅』本身就像是集戰鬥技能於一身，毫無助力的憂面對他們兩人當然只有一碰即倒的份，根本沒有任何因素可能獲得勝利。縱觀十二大戰過去的歷史，將戰鬥推入無底混沌，徹底擾亂第十二屆十二大戰戰局的怪人就這樣一命嗚呼哀哉。

「好了。」雖然終於親手殺了最強又難纏的敵人，『丑』好像沒有一絲感慨——不管憂是什麼樣的對手、不管他這個人是如何受到咒罵，既然人都已經死了就沒什麼好說的。他立刻把注意力轉向別的事情，接著便對剛才還一起並肩作戰的夥伴說道：「要不要先休息一下再打比較好呢，『寅』戰士？」「你別開玩笑了，『丑』戰士。」另一方面，『寅』也表現出好像打一開始就對憂毫無興趣的態度，舔了舔鮮血淋漓的手爪。

「俺現在嘗到血腥味，正醉得舒服呢——來吧，痛痛快快打一場。讓俺好好樂一樂吧。」

「嗯，那我們的合作關係就到此結束——」『丑』一邊說，一邊摘下手套扔向『寅』。

「——來決鬥吧。」

3

憂確實已經死了，變成一堆屍塊死了。

可是就在即將被大卸八塊之前，他已經先自己咬了舌頭——也難怪他沒有發出臨死的哀號、死前也沒有撂狠話。換句話說，憂是自殺而死的。閃電般的刀鋒與狂暴的利爪都是在他自殺之後才受的傷害。

簡單來說，他都已經死了，所以怎麼死的根本不重要嗎？人只要一死就萬事休矣，再也沒什麼好說的。的確是這樣，一般來說的確是這樣沒錯。可是憂是『造屍者』，不是一般人——他是『造屍者』，能夠操控自己殺死的人。像他這樣的人萬一殺死自己的話，究竟會發生什麼事？到底會發生什麼值得一說的事——『丑』與『寅』接下來就會知道。

（〇丑・寅——●卯）

（第九戰——終）

第十戰

虎死留皮

本名始良香奈江。一月一日出生。身高一五四公分，體重四十二公斤。雖然她自稱用的醉拳，可是真正的醉拳只是模仿酒醉動作的拳法，不需要真的喝酒。所以應該說她是為了找藉口喝酒，才會成為使用醉拳的拳法家。不過不只醉拳，實際上她對各種格鬥技巧的造詣都極為深厚。始良家原本就是武士門第，世世代代都以肉體格鬥為宗旨。不過即使在家族當中，她也算是稍微極端的。常常有人說她『看起來不怎麼厲害』，一部分問題出在她的戰鬥方式就像是醉鬼一樣，另一部分的原因是因為她認為『表現出一副我很厲害的樣子這件事本身就不怎麼厲害』，所以她自然而然學到如何在日常生活中下意識地避免發出類似壓迫感一般的氣勢——真要說的話，『讓自己看起來很弱』就是她的特質。其實這也算是極為高深的境界，本人卻沒有這種自覺。她的殺人方法以利爪為武器，被傷到之後的疼痛比傷勢本身還更嚴重。因此雖然她很少上戰場，但要是做問卷調查問『你最不想在戰場上遇到的戰士是誰』，她肯定會名列前茅。雖然平常習慣裝飾指甲，不過上戰場的時候一定會把假指甲摘掉才去。即便殺敵，她也實在不忍心用裝飾得漂漂亮亮的指甲殺。放假的時候常常和女性朋友們一起去逛街血拚，可是到最後總是會變成一群人去大喝特喝。

1

如白兔般令人目眩神馳、如三月兔般令人捉摸不清——實際體現出這句標語的兔子，『卯』戰士憂城先前聲勢所向披靡，卻在距離勝利只有一步之遙的最後戰局就這樣淘汰出局，絕不是因為他不把勝負當一回事。雖然憂是一個怪上加怪、搞不清楚腦袋裡裝什麼的人，但至少他參加十二大戰的態度是非常認真的。像他這樣的戰士這麼認真面對戰鬥，對於必須與他敵對的戰士來說根本就是一場麻煩的災難。可是至少他沒有像『未』那樣明顯觸犯規則，也不像『子』或『辰』那樣不積極參戰，只是偷偷摸摸地到處逃竄——考量到十二大戰開戰的意義，再也找不到其他人像他這麼優秀，這麼認真面對戰鬥。正因為憂對戰鬥如此認真，所以他當然不是為了在這時候輕易送掉自己的性命，才在『丑』與『寅』的面前現身。

如果事後評論整場戰局的話，大多數的人看了大概都會以為『卯』是粗心大意，導致棋差一著——他判斷有必要助『辰』與『巳』一臂之力，就結果來看固然沒錯。但既然要幫，只要派自己陣營中最強的夥伴『申』來對付丑寅雙人組，他自己去追殺另一個還活著的戰士『子』就好了。可是他卻派『申』去找那個看起來沒什麼實力的小孩『子』。而他雖然身懷『造屍者』這驚人的技藝，實戰能力卻很差勁，結果竟然自己跑去對付丑寅雙人組。不管誰來看，都會覺得這樣安排根本就是顛倒了。事實上要是他送『申』的屍體去助戰，雖然還是來不及阻止斷罪兄弟的屍體被凍結，但丑寅雙人組之後恐怕得面對更加艱辛的苦戰──『申』的戰士素養就是這樣不同凡響。要是把目標只放在十二大戰最後的勝利，這樣安排確實沒錯。但如果不要只看這麼近期，把眼光放到中長期的未來，站在『卯』的立場──『造屍者』的立場來看的話，就能看清他的意圖。對一般的良民來說，要站在那隻腦袋有問題的兔子角度來思考也是強人所難，可是『造屍者』的戰鬥並不是打贏十二大戰就結束了──因為不管再怎麼異常、再怎麼不知所謂，他仍是一名戰士。打贏十二大戰之後立刻就有別的戰鬥等著他，下一場戰鬥結束之後又有下下場戰鬥要打──只要戰勝就得不斷打下去，這就是戰士的宿命。那麼依照『造屍者』本能，他當然想要盡量收集優秀的『屍體』好迎接下一場戰鬥。『趕盡殺絕的天才』丑──如果要說真心話，連打醉拳的『寅』也一樣。丑寅雙人組當中只要有一個人成為『好朋友』的話，之後的戰場不曉得會多輕鬆。雖然屍體總有一天會腐敗，可是有句話不是這樣說的嗎？瘦死的牛比兔子大。

對他來說，戰鬥就是找夥伴、造屍體就是交朋友。所以『卯』去找丑寅雙人組不是因為有必要去協助斷罪兄弟──而是為了給兩人最後致命一擊。雖說憂信任夥伴，唯獨這件事必須由他親自動手。他不能把殺死丑寅雙人組的工作交給斷罪兄弟去做——要是讓屍體去殺屍體的話，有可能下手過重。因為屍體已經不懂得調整輕重，下手過重也是當然，可是最後就導致擁有防衛術『鐙』的『午』沒辦法和憂成為『好朋友』——因為『巳』把『午』燒掉了。被『亥』用機關槍掃射打死的鳥群屍體因為爪喙殘缺，還有其用途。但要是把事情交給下手不知輕重的屍體去辦，有可能會讓『丑』與『寅』的屍體受到過多不必要的傷害而報廢——所以『卯』原本打算至少要讓兩人死在自己手上。大戰也已經快要進入尾聲，他考慮到未來而把眼光放到大戰結束之後的想法是否正確，雖然未有定見，可這種想法也是其中一種身為戰士該有的心態，所以也不能說『卯』在這時候犯錯。如果真要說他有什麼瑕疵的話——恐怕是他完全想不到急就章合作的丑寅雙人組竟然能那麼輕易打贏斷罪兄弟，而且沒受什麼傷。不過話說回來，他也不是因為斷罪兄弟是共同作戰已久的雙人搭檔，或是雙胞胎兄弟才特別看好他們——而是因為在『造屍者』的腦海裡，沒有想過有意識的活人搭檔會戰勝沒有意志的死夥伴。就結果來看，因為沒有意識所以絕對不會背叛的夥伴竟然慘敗給有意識所以照理來說應該會互不對盤的『丑』與『寅』——這樣看起來，彷彿像是活人之間也能建立信賴關係似的。當『卯』戰士親眼看見這個事實的時候，他肯定再也無心於十二大戰，然後自己選擇了死亡。可是——

可是他選擇死亡並非因為絕望。

『造屍者』的十二大戰還沒結束──

2

從現在的模樣看起來或許很令人難以相信，『寅』戰士妒良在第一次上戰場那段時間其實原本是非常謹慎小心的女孩子。她處事非常認真，甚至認真過了火──問題就出在這裡。她出身於武士家族，過去都在家裡的道場把『戰鬥』這種既野蠻又暴力的行為當作一種『道』來學習，所以她也不禁認真思考、認真看待現實的戰場究竟有什麼意義。即便夾在天秤的兩端，她也從不停止思考，在內心消化上司指派的每一道命令。

反覆思索『為什麼人類非得互相征戰不可』、『一條人命究竟有多少分量』。到最後她變得在槍林彈雨之下，仍為了『要是人類滅絕的話，是不是就能讓地球解脫』之類的問題而煩惱不已。她原本可以說是非常單純的一個人──也可以說非常純淨無瑕。她不夠陰險，面對這樣的矛盾、世界汙穢的一面、內心的罪惡感與歉疚，沒辦法把這一切輕輕帶過；也不夠狠毒，沒辦法把這一切都拋諸腦後。隨著在戰場上殺戮愈多，人們對這樣的行為讚譽有加，她內心的迷惑就愈來愈深，甚至延伸到戰場之外。在她單純的眼中，這個世界看起來處處矛盾、樣樣虛偽——原本以為是正義的物事結果只是一句口號，原本以為有害的物事竟支撐著這個世界的運作。她原以為自己是為了世界和平而戰，但光憑一己之力貢獻有限，為了救一個人又得傷害另一個人，而且好不容易拯救的國家之後卻因為新政府的貪汙舞弊而亡國。愈是戰鬥，戰爭的規模就愈大。過沒多久之後，她還發現自己其實是為了讓戰爭更激烈才被派上前線。但要是沒有戰場的話，確實有一些人會無法生活。還有相當多的人是因為戰鬥而獲得幸福，另外也有一樣多的人只能從戰鬥中找到幸福。她過去相信自己走在正道只不過是一種陳腔濫調，自己認為正確的事物頂多只能用來給兒童繪本當成劇情大綱。自己過去相信的『道』只不過是一條經過鋪裝的馬路而已。不對，什麼『道』其實根本就不存在。水清則無魚——她宛如走在一片泥濘上，像這樣溼滑絆腳的地面上怎麼可能鋪裝得了什麼『道』。溼答答、黏糊糊，可能走沒兩步就會滑倒。明明是一團糟，但大家還是提倡理想——既然世界這麼汙穢，老實說出來又有何妨。但大家還是故意口口聲聲把倫理良知掛在嘴上，讓那些自稱是正義的多數派橫行無阻。個性認真的她對這樣異常的世界甚至感到作嘔。如果她不顧一切仍要貫徹自己的『道』，屆時肯定會有人出手想來扭曲她的信念。這個世界不會允許一個人筆直地往前走、耿直地活下去。不管是哪條『道』都在施工中，禁止通行。

所以良才會偏離『道』而行。

在他人干涉扭曲之前，她主動偏離了『道』——在沉溺、沉醉於杯中物的時候，她什麼都不用想、什麼都不用擔心——過去那些她覺得矛盾不解的物事也只不過是眼前左搖右晃的影像而已。既然腳下不穩，只要趴著走不就好了——擺出這樣的姿勢之後，才終於不再感到作嘔反胃……而且無論好壞，良都沒辦法像『申』那樣崇尚和平主義——原因不是因為她不夠強，也不是因為她心存歹念，完全只是因為她個性太單純了。她既沒有像『申』那種良善面的堅強，也沒有像『酉』那種陰暗面的堅強。

很諷刺的是良沉溺於酒水之後，反而使得她的戰士素質開花結果。甚至可以說是覺醒。但這當然不是真的因為『喝得愈醉就愈強』——用酒精灌滿整個腦袋之後，使得她不用再多想些不必要的事，心中累積已久的迷惑也因此消失。或許那些不必要的事、迷惑就是一些稱為倫理觀或是良知的物事也說不定，但良全都一股腦拋到九霄雲外去——每當快要回想起這些事的時候，她就會不分三七二十一拿起酒就灌，管他是什麼種類的酒、管他酒精濃度高低。曾經有人告誡她這樣酗酒對身體有害，但這樣至少比一直想些對腦袋有害的事情更好。她變得自暴自棄，既然原本信任的世界這麼腐敗，自己乾脆和世界來比爛。她打從心底希望乾脆自己體內的鮮血全都發酵變成酒精算了。原本認真又健康的少女就這樣變成放蕩又頹靡的大人——或者單純可以稱之為『她長大了』。也許可以把她這樣的變化稱作是『成長』吧。連良自己都認為她這種遭遇只不過是非常平常一般、根本不值一提的挫折。世界各地到處都有、隨處可見，完全不值一哂的挫折。現在她只有自己想去的時候才會上戰場，戰鬥方式也愈來愈隨便。即使如此良還是打出了成果，所以反而使得眾人對她的評價更加水漲船高。而大家對她的高評價正是讓她煩惱的矛盾。因為和過去認認真真面對每一場戰場的時候比起來，現在隨便應付反而還獲得更多的讚美。這叫她怎麼能不借酒澆愁？努力到底算什麼？勤奮到底算什麼？拚命到底算什麼——不久之後，她就變得因血而醉。只有灌酒與浴血的時候才能讓她忘記一切——良原本對書本上的學問也還算精通，現在她卻覺得自己的智力每況愈下。不過智力就算再低也完全沒有任何影響。因為再也想不出什麼戰略，所以愈打愈隨便，沒有任何影響；因為記不住同伴的名字，所以現在獨自戰鬥，沒有任何影響；因為看不出來對手的表情代表什麼意義，所以也不理會對方的長相了，沒有任何影響；因為現在完全分不清哪些人需要重視哪些人不用，所以所有人都變得無關緊要，沒有任何影響；現在看不太懂地圖，沒有任何影響；現在不認得筆畫超過七筆的漢字，沒有任何影響；雖然會算乘法，卻忘記怎麼算除法，沒有任何影響；別說想不出來今天的日期，就連回想自己的生日都要花一番工夫，沒有任何影響；不知道為什麼現在走路沒辦法走直線，沒有什麼影響。連自己是生是死都分不清楚，也完全、一點都沒有影響。

就在這段毫無任何不便的日子當中，良遇見了一名天才。

在一個和過去比起來更是殘酷，有如泥淖中泥淖的戰場上，她邂逅了某位戰士。

——不，良認為那不算是邂逅，而是她被人家救了。當她明知有陷阱，但還是嫌麻煩，和往常一樣趁著酒興豁出去一股腦衝進戰陣的時候，那名戰士瀟灑現身，憑著一柄軍刀瞬間就把敵軍打倒。那人的劍技率真無瑕，完全就像良過去認為最正當也最渴望成就的境界。那種劍法已達到理想的境界，已經完全超越理論，甚至就連美麗這種形容詞都不足以形容。那名戰士的劍法沒有一點迷惘，彷彿完全相信自己正在用正確的手段做正確的事情——那人依照正確的順序，用最適當、最短的途徑，用最有效率、最有效能的方式進行戰鬥行為，消滅原本數都數不清的敵人。看到那名戰士的戰鬥，良覺得好像被澆了一桶冷水，原本應該醉到神智不清的腦袋頓時清醒過來。不曉得她已經幾年沒有回神、沒有恢復清醒了。那時良就好像被那名戰士超絕出凡的劍法刺進心坎裡一般，渾身動彈不得。「妳受傷了嗎，小妹妹？是不是被人強灌酒？那群人真是狠毒，根本沒資格當戰士。妳放心吧，不用再擔心了。已經沒有人會欺負妳，我送妳到安全的地方去吧。」

良在心裡呼嚕了一聲。小妹妹。不，那時候的良外表看起來確實幼稚，難怪人家會把她當成小妹妹——精神年齡降低……不，應該說是劣化，已經連帶影響她的言行舉止。可是撇開這點不談，對方也只以為自己「救了一個平民百姓」——他這樣想或許也不算搞錯。良那時早已喪失身為戰士的自覺——到頭來，當時的良彷彿隨時隨地都在哭嚎、向人求助一般。「請問——」良語氣生硬地說道。她沒有大肆聲稱自己也是戰士，而是怯生生地開口詢問。為什麼你能行得那麼正？要怎麼樣才能行得正？怎麼樣才能行得正，而且不會感覺迷惘與不安，也不會走入歧途——良戰戰兢兢、結結巴巴問道。「嗯？」結果對方露出訝異的表情。良知道自己出其不意地問了一件很莫名其妙的事情，覺得臉好像都紅了——不過說她清醒過來只是指感覺清醒過來，她的臉原本就很紅，所以對方應該也看不出她感到很不好意思。可是對方之所以露出訝異的表情，原因是——「嗯，這種問題我倒是從沒想過——小妹妹，妳想行正道嗎？」良點頭回應。這陣子她好像從不曾像現在這麼老實點頭。就這一點來說，她還真的是個『小妹妹』。「那我們就試著來想一想吧……」偶而把自己的行動原則化為語言說出來倒也不錯。」那人一邊收刀入鞘，一邊露出思索的表情。下一秒鐘他就「嗯」了一聲，好像已經想出答案了。良長久以來百思不得其解的答案，他一瞬間就想出來了。「首先，妳不是想要行正道嗎？」那人說著，伸手握住入鞘的軍刀刀柄。「接下來妳就去做正確的事」說著，他抽刀出鞘，順勢一砍。「就是這樣。」步驟①有心想要做正確的事。步驟②付諸行動。

老實說，良當時感覺自己好像從雲端跌落一般，非常失望——對方的理論完全就是天才那一套言論，根本什麼都沒有說。他一直認為自己是在對一個小孩子講話，所以或許還特意用比較簡單易懂的表現方式來解釋，要是這樣的話也未免太簡略了。我的意思是說，就是因為辦不到才會這麼難過——我很難過嗎？那種難過的感覺不是老早就不知道扔去哪裡了嗎？「聽懂了嗎？也就是說要是沒有那份心的話是行不了正道的。」天才繼續對失望萬分的良說道。「人就是會不知不覺犯錯，隨波逐流而沉淪在罪惡當中。沒有任何理由、沒有任何主張、沒有任何決心，等到驚覺的時候已經誤入歧途，而且完全不以為意。可是比方說『不知不覺做起好事來』或是『曾幾何時我一直在行善』，又或是『一個不小心就當起好人』之類的，像這種相反的案例從來不曾發生——絕對沒有。無心就沒有正道。正當的行動絕對需要有一副正當的心靈。如果沒有心去做的話，就絕對行不了正道——如果妳因為自己沒辦法行正道而感到痛苦的話，那是因為妳根本沒有那份心。」

　　他不但沒有用簡單易懂的方式向小孩子說明，反而講得疾言厲色——雖然到頭來仍然只是天才所說的一段天才式理論，但過去從沒有一段話如此深深刺入良的內心。彷彿像是傷口受到酒精洗滌消毒一般，劇烈刺痛了她。「妳可以找到上百個理由不行正道。能讓妳躊躇不前的事情滿坑滿谷，讓妳不安的原因同樣俯拾即是。妳要怪罪他人也行，歸咎社會也罷——甚至還可以怨天怨地、怨時代怨命運。但是妳應該認清一件事，不行正道的人不是辦不到，只是不願意去做而已。妳也一樣，不用勉強自己去行正道。但別忘了，這不是因為妳辦不到，而是妳選擇放棄。那些坐得正、行得正的人都是決定要先做步驟①，然後去做步驟②的。一定要按部就班來——都還在步驟①的階段，就去煩惱步驟②的事情，這種人最是愚蠢不過。」天才戰士說到這裡，好像已經下了結論似的。但這時候的良還是有聽沒有懂——雖然兩人彼此同樣都是戰士，但雙方之間的差距當真有如大人與小孩一般。良雖然聽不懂他剛才說的話是什麼意思，但她心想——我要多了解一點。想讓自己有能力了解他說的話是什麼意思。良是打從心裡這麼想。之後她真的被當成小孩子一般，雖然身體好得很，仍是讓那個人背著送到附近的城鎮，而且她根本無力反抗。「就這樣吧，以後要更小心一點。」把良送到安全地區之後，那個天才立刻又要回到戰場上去。良很想再和他多說說話，還厚著臉皮假裝身體不舒服，想要挽留那人。「我不能留下來。」可是天才完全不假辭色。「我的工作就是要再去多救幾個像妹妹妳這樣的小孩子。記得以後再也不要靠近戰場。希望未來妳不會再遇到像我這樣的殺人凶手——殺到一個不留的殺人凶手。」他自始至終都正大光明——以正確的方式走在一條正確的道路上。雙眼直視著戰場上的矛盾，和那些矛盾正面對抗。良深刻感受到，自己對那人而言只不過是人群中的其中一個而已。雖然他們都是戰士，為人處事卻大相逕庭——良認為只有像他那種人才能真正稱為戰士、有資格稱為戰士。可是她一點都不覺得懊悔，反而覺得直到今天才終於找到人生的目標。和她過去什麼都沒想，只是懵懵然走在『正道』或是刻意偏離『正道』的時候迥然不同。（俺要改變……總有一天再遇見那名戰士的時候，要獲得他的認同。）雖然那人說希望未來不要再見面——誰管他呢。

有心想要做步驟①，然後去做步驟②。

良肯定一輩子都無法了解何謂正理、戰鬥又有什麼意義——無論如何，她決定先從這件事開始著手，決定重新開始自己的人生、重新開始探討原本已經拋諸腦後的諸多事情。從這一天開始，良原本一帆風順的人生遇上一堵高牆，那就是她想當作目標追逐的師父。

3

那個說起話來莫名其妙的天才、那個人稱『強到莫名其妙』的『丑』戰士——不久之後，良就查出他的名字叫做失井。可是偌大世界，戰場多到數也數不清。這段時間還不夠讓她真正了解『丑』這個人。原本她還以為只要繼續待在戰場上，總有一天一定可以再見到自己暗暗崇拜的天才，可是後來又覺得他們會不會這輩子無緣再見。就在她快要放棄的時候，正好遇上這次的十二大戰。她回到根本已經沒有聯絡的老家，不只是四肢著地，就連五體投地的功夫都用上，低頭拜託老家想辦法讓她成為十二大戰的參戰者——從十二大戰的週期來看，這次大戰幾乎是她最後的一絲指望。所以當良在那個觀景室看見那張絲毫沒有受到歲月摧殘的臉龐時，明明沒有喝酒的她卻高興到忍不住想要跳起舞來，可是——（好不容易才見到面，結果那個笨蛋——那頭笨牛竟然把俺忘得一乾二淨！啊～～真教人火大！）良一邊懷著一肚子火氣，用力把『丑』給推開。事情就發生在『丑』才剛說完要和她決鬥之後——這種不報上名號就先偷襲動手的行為違反戰士的禮儀，當真是『沒資格當個戰士』。不過這也是沒辦法的。

應該已經喪命的『卯』的兩柄凶刀已經直逼『丑』的背後，良想要保護他，卻已經來不及出聲警告。

不消說，既然良把『丑』給推了開，此時她自己當然就占住了『丑』原本的位置——就是那個『卯』的雙刀直殺過來的位置。（真是的……好不容易才走到這一步……心靈上的師父好不容易才要和俺決鬥——到頭來俺的人生還是這麼倒楣啊）良根本不需要保護『丑』。就算沒有她的保護，那個天才肯定也自己應付得來。『卯』應該是用『造屍者』的能力讓自己變成傀儡——要是這樣的話，姑且不論力量是強還是弱，它的速度應該不會多敏捷才對。可是像自己這樣的菜鳥卻硬要強出頭——自己到底在做什麼傻事——（俺決定要這麼做，只是付諸實行了而已。）

白兔與三月兔刺進良腹部柔軟的部位。

『卯』被大卸八塊之後，他的手臂憑著肌肉的力量從地上彈起來，砍了過來。光靠手臂無法精準鎖定獵物的位置，所以這一刺沒有刺中要害。可是雖然沒有一刀致死，傷勢仍然很嚴重，十分嚴重——不是喊聲痛就能了事。良心想，要是這時候『卯』進一步攻擊的話，自己根本防不勝防。當她做好心理準備，閉上雙眼的時候——『寅！』隨著良從未耳聞的慌亂怒吼，『丑』也舉刀劈來。眼見『卯』總計八具屍塊就和左右手臂一樣，如兔子般跳起，就要全部攻擊過來，仍是被他的軍刀一一斬落在地。『丑』根本沒有考慮到這一刀砍下去會有什麼後果，也不管三七二十一，又把『卯』的屍塊砍得更碎。明知這些屍塊剁得愈碎，也只是徒增之後得對付的敵人數量而已，總之現在先得脫身才行。「嗚……」他好不容易才把握刀刺傷良腹部的手臂片片剁碎，連同大刀一同斬落在地上。如今『卯』的屍體已經變成大量碎塊，『丑』把良的脖子用力一拉，拔腿盡量拉開距離——他背負著良，悶著頭就衝出去。（又讓他……背起來了……）「放心好了，我絕不會讓妳死的！」『丑』完全不像平常的他，不斷大聲叫喊，好像在呼喚良振作起精神來一般。「我失井是第一次被人救了性命——救命之恩說什麼我一定要還！」（大呼小叫的，吵死人了……有恩報恩的人可是俺啊……）「……放俺下來」。「！」「放俺下來……被你這樣搖來搖去，根本沒辦法止血。」自從兩人第一次見面之後，這是良第一次給『丑』背在背上，她有一股衝動想要一直給他背著，但還是憑著堅強的意志這麼說道——『丑』也回答：「也是，那就先幫妳止血吧。我們也跑很遠了——他一時半刻應該不會馬上追來吧。」想到『卯』追上來之後會是一幅什麼可怕的殘忍景象，他們其實也沒什麼時間慢慢來，但確實應該先幫良止血才好，所以『丑』依言暫時停下腳步，輕輕讓良在地上躺下。可是即使天才如他，要讓腹部的出血止住也並非易事。受傷的部位如果是軀幹的話，就不能把傷口綁住。只能在這座鬼城內找到醫院，然後取來治療器材使用……但時間夠嗎？（想也知道沒有吧，絕對沒有。）良心想道。「不可以放棄，如果妳死在這裡，我剛才說的決鬥要找誰打！」（看來天才先生可能沒受過這樣的重傷，所以還能耍任性……就算發生奇蹟，急救縫合真能救得了俺的性命……俺的身體也不可能再戰鬥了，根本甭提什麼決鬥……與其這樣……）「喂，『丑』戰士。」躺在地上的良開口說道。「決鬥的事情就算了……俺另外有件事要拜託你。」「拜託我？」「或許應該說是祈求比較好。有一件事要求你。」良感受鮮血止不住地從腹部汩汩流出，呼嚕嚕低鳴幾聲。（如果是一般的可愛女孩，這時候或許會索吻吧。可惜俺不是那種女孩。）

「你親手殺了俺吧。」

「…………！」「要是俺繼續這樣流血，因為血不夠而死了的話，就變成俺……死在那隻混帳兔子手中對吧？這樣的話，俺也會變成『行屍走肉』對不對？雖然不太了解

『造屍者』是怎麼一回事……但俺寧死也不要變成那樣，俺不想死了之後還和你戰鬥。」當你提出要和俺決鬥的時候，俺過去的戰鬥總算獲得回報、沒白打了。「所以俺才說，變成那樣之前，要你殺了俺。殺了俺，別讓俺變成那種慘不忍睹的殭屍。『趕盡殺絕的天才』，就用你那種莫名其妙的厲害劍法殺了俺，不要留下一點餘恨。」「…………」『丑』低頭看著一心求死的良好一陣子之後說道：「我答應。可是我們還是要來一場決鬥，妳是敗給我而死的。依照規矩報上名來吧。」（俺都已經連話都說不太出來了，他對一個快死掉的女性都這麼嚴厲——不，應該說他循規蹈矩吧。）真是的，這份回報未免太豪華了。像自己這樣沒用的人，最後竟然是和天才決鬥而死，這種結局對良來說真是承受不起。（俺的人生過去也不知道是哪裡走錯了路，中途真的是一塌糊塗……不過至少最後這時候收得還挺漂亮的嘛——俺都快要被自己給醺醉了。）「話說回來——」『丑』手中的軍刀對著躺在地上的良，一邊說道：「結果妳到底對我有什麼深仇大恨？我和妳在哪裡的戰場上遇見過嗎？」「…………」良沉默了一會兒之後，向自己的師父舉起兩隻手爪，說道：「俺根本不恨你——咱們兩個也是這次大戰才初次見面。俺單純只是討厭像你這樣死氣沉沉的男人而已。」

「我是『丑』戰士——『為殺而殺』失井。」

「俺是『寅』戰士——『趁醉而殺』妒良。」

勝負一瞬間就揭曉了。天才戰士只是依照正當的手法把一個瀕死的人殺了。酒量過人又會打醉拳的『寅』戰士妒良成為了十二大戰史上唯一一個雖然落敗，但仍舊得以實現願望的戰士。

（○丑——●寅）

（第十戰——終）

第十一戰

用別人的牛蒡辦法事

失井◇『想要助力』

註：意指借花獻佛。

本名樫井榮兒，二月二日出生。身高一八一公分，體重七十二公斤。人稱『趕盡殺絕的天才』。五歲第一次上戰場的時候就把敵人趕盡殺絕，從那時候他就已經獨占『天才』之名。如果要具體形容如何獨占，從他粉墨登場以來，天才這個名字的意義就此改變，從此用在他人身上的時候也僅是一種比喻而已——這種情況就這樣持續到現在。他的戰鬥方式就是華麗又是剛正的軍刀刀法，說白了也只有如此而已，但他卻是掌握了戰場上決勝關鍵的戰士，有人說「成功把『丑』拉進己方的陣營就必勝無疑」。可是他本人對特定某個國家或是某種思想理念沒有任何偏好，單純只是以一名士兵的身分趕赴戰場。對他來說勝利是天經地義的事情，如何結束戰爭才是真正重要。這名『迅速終結戰爭』的戰士，而『申』則是『不斷抑止戰爭的戰士』，所以他一直想找個機會和對方好好談談。他的軍刀名稱叫做『牛蒡劍』——軍刀本身只是一般的量產貨而已，沒有任何特別之處，但他仍然非常珍惜著用。雖然身材削瘦，但他食量非常大。因為自己不會做菜，所以三餐主要都是吃外面。礙於戰士職業，他不喝有酒精的飲料，所以對一些能夠一個人獨自用餐的餐廳知之甚詳。

1

他沒有時間沉浸在哀痛當中。其實在戰場上，送瀕死的人最後一程這種事本來就是家常便飯——現在也不過又多做一次而已，在『寅』變成殭屍之前就了結了她。就這個角度來看，和他之前殺死『酉』戰士的時候相去無幾——所以他應該維持一派冷靜、一派冷酷地進行下一個動作才對。「…………」腦袋明明知道，可是『丑』戰士失井卻不像平時那個身經百戰的天才，雙眼一時之間盯著自己『為殺而殺』的『寅』戰士屍身上，怎樣都無法移開目光。不，要說他的表現不像平時的作風，又何只是現在而已，更早之前他就表現失常了——雖然與自己合作的對象身受重傷，可是他過去從不曾像剛才那樣方寸大亂。想都沒想就亂切亂砍屍體、拔腿逃跑又大聲叫喊——這些都是他鮮少有過的經驗。或許是因為他在『寅』身上看到一個自己曾經在戰場上遇見的少女的身影吧。（不對，現在回想起來，那個人或許不是年輕少女才對——）當時那女孩問他的問題非常率真、非常單純，感覺就像是個稚幼女孩問的問題。為什麼你能行得那麼正？要怎麼樣才能行得正——『丑』仍記得當初那女孩問了一個他連想都沒想過的問題，自己還不知道該如何是好。這只不過是因為過去從沒有哪個人這麼冒失，拿這麼模糊抽象的問題來問他這個長久以來一直被尊稱為天才的人。可是對這個基本上人生心想事成，生命中發生的一切大致不脫掌握的天才、對這個渴望發生一些意外刺激的天才來說，那種新鮮的感覺是非常新鮮的。所以他以認真嚴肅來回報那份新鮮感——很認真嚴肅地回答了問題。『①決定要去做，②動手去做』——回答了之後，他才覺得好像這時候才第一次體會到自己的處世態度。如果失的天才素質有所謂臻至完美的時候，那絕對就是那一刻了——事實上在那之後，他的表現變得更加活躍精彩。（不過把這樣一名勇敢強壯的戰士當成一個率直單純的少女看待，我也滿冒失的——雖然我不會喝酒，如果是和她的話，倒是不介意一起喝上一杯。好了。）

可是失畢竟是天才戰士。他的視線以及心靈受到眼前的遺體吸引也只是一時之間的事，如同為『寅』哀悼般獻上祈禱也只是一時之間，之後他的注意力便完全移開——他沒有真的受到情感那麼深的影響，不打算就地埋葬『寅』。現在失正在參加一場十二年一度的十二大戰，此時此刻還有另一具屍體必須由他親手徹底埋葬。（『卯』戰士憂城——即使成了一具死屍，你還是要繼續打嗎？對我們戰士來說，死亡應該是一種救贖才對——難道對『造屍者』來說，連這種道理都不了解嗎？可是即使不明白道理，連自己的屍體都要利用，就算再瘋狂也不是這樣——）不，雖然心裡這樣想，可是失在某種程度上能夠體會『卯』為什麼會有這種舉動。他多少能夠了解對方的意圖所在。『卯』

不是因為知道自己必敗，自暴自棄之下選擇死亡，還帶著『反正都是死路一條』的念頭，想要拉其他戰士一起墊背——絕對不是這樣。

就算在死後，他還是想贏得最後的勝利。

重點是這次十二大戰規則裡的規則有漏洞。當然原本這壓根兒算不上什麼漏洞，與其說是漏洞，其實應該像是一種修飾，言詞上的修飾——裁判杜碟凱普說明第十二屆十二大戰的參賽者必須滿足的勝利條件，是把參戰的戰士各自吞下肚的十二顆劇毒寶石全都收集到手。雖然十二大戰是一場生存淘汰賽，可是說誇張一點，這項規則意思就是即使沒有直接參戰，只要最後把十二顆寶石全都收集到就可以了。這次大戰在名義上只是為了搶奪並且收集寶石而打，不過這只是表面上沒有公然要參賽者互相殘殺，實際上要搶奪寶石的話，就得把手伸進對方的內臟裡去拿，想要不殺人而奪得寶石基本上根本是不可能的。例外的案例就只有像『未』那樣打從一開始就沒有吞下寶石，而這種例外也只是參戰的戰士不遵守規則而已。到頭來，這場大戰的前提就是最後除了勝利者之外，其他十一個人全都死亡——其他的結局就是在沒有最後勝利者的情況下時間到，屆時所有還活著的戰士全都落得被吞進肚子裡的劇毒寶石毒死的悲慘下場。不過失雖然沒這份能耐，當中或許有些戰士不會被毒死——就比方說那位和失沒有任何交集的戰士『戌』

原本就在體內解了毒，打算活到最後一刻。而且就失能想像到的範圍來說，那個『午』身懷超高防禦力『鐙』，就連自己這個『趕盡殺絕的天才』都失手。說不定他的防禦力還能保護他不被體內的毒素毒死——這些渺茫的可能性固然存在，但就算他們以這種方式活到最後、不管以任何方式活到最後，要是沒能收集到十二顆寶石、沒能達成勝利所需的條件，他們還是沒有資格獲勝。

這樣來說，反言之只要達成勝利條件，就算是死人也有資格獲勝。

用這種方式解釋比賽規則固然有違常理……不過就是因為這樣，『卯』戰士才會在被殺害之前先行自盡。他對待自己的生命也一樣冷冰冰。既然右邊的路不能走，那就走左邊的路。他用同樣的道理改變計畫方針，既然無法活著取得優勝，那就先死了之後再想辦法奪冠吧——他對自己下了命令要收集十二顆寶石之後了斷自我意志。（死亡或是被殺之後就喪失資格。只要杜碟凱普之前講述規則的時候再加上這一段就沒事了——也罷，主辦單位大概也想不到『造屍者』會做出這種事情來吧。）不對，搞不好包含這一點也都是『卯』戰士被賦予的優勢也說不定。回顧過去的戰鬥，『丑』也推測所有戰士對於十二大戰的規則好像各自占有不同的優勢……（我好像就沒有這種優勢了。）除了天才素質之外另外還要求具有某種優勢，這種念頭或許太過厚臉皮了點。那麼其他戰士被賦予的或許不是優勢，而是加分說不定。（不……我光是有機會和『寅』戰士相遇應該就是很大的優勢……要是沒有和她一起合作的話，我現在早就已經死了。）總之『卯』戰士雖然已經戰死，從十二大戰當中被淘汰，可是現在卻又擅自挑起一場敗部復活戰——照這樣看來，他一刀刺中『寅』的腹部可能並非刺歪，而是精準地想要搶奪她肚子內的寶石——（……沒錯，道理我是明白。要是撇除感情論思考的話，就能解釋『卯』的所有行為——他的行為不是為了標新立異、炫耀自己。雖然看上去奇裝異服，打鬥方法也很奇怪，但他所做的一切都很『正確』，只不過——）只不過為什麼要這麼極端，連命都不要？無論是什麼內容，只要在十二大戰中獲得勝利就能實現一個願望——可是這也要有命才能享受。人類真的有不惜豁出性命不要也要實現的願望嗎？與其像這樣為了願望而死，倒不如用同樣正確無誤的方式放棄勝利，把一切心力放在思考如何才能活下來才對吧？『卯』戰士——憂城。

他究竟下定決心做什麼事，現在又在做什麼呢？

……雖然失有一大堆問題，但還是心想（這些問題的謎底大概沒有機會揭曉了，現在已經沒辦法知道他究竟是抱著何種期待參加這場十二大戰的），於是便把這些疑問拋諸腦後。（生前已經無法和他溝通，死後當然更沒得談——既然這樣的話也不用再理論了，因為我所能做的就只有超渡他上路而已。）說超渡是好聽，簡單來說就是『點火燒了他』。目前這是唯一能夠有效對付『造屍者』的手段。雖然『凍結』倒也是個辦法，可是液態氫可不是在大街小巷隨便找就有的東西。『而且要找火種也並非易事——還是只能到加油站去找了嗎？或者花點工夫從這附近的汽車裡收集汽油呢——』這次失必須隻身再次面對屍體，他又開始自己不習慣的行為，思考作戰計畫。可是失只想到一半，這段思考就以他忍不住發出一聲驚呼的形式被打斷。他剛才已經與對方拉開了好一段距離，原以為『卯』被切得支離破碎的屍體還得再花一點時間才能追上來——不過出現在眼前的、出現在眼前的屍體卻不是支離破碎的屍體。

被千刀萬剮的屍體配件再度集合起來——組成了一個人體的形狀。

之所以說是形狀，是因為這些肉體碎塊組成的就只是一個形狀而已——雖然身形與生前的『卯』幾乎沒什麼兩樣，可是那只是失剁碎的碎肉配件集合起來形成一個人形而已，配件到處擺錯地方，根本不成人體模樣。左手臂前後相反、右手臂與左腳的位置錯置、眼球嵌在肚子上、頭皮長在腰上、指甲從胸部突出、尾椎骨深埋在口中、心臟裸露在外，手指還在上面蠢動——每個部位都被切得細小無比，想要找到正確的部分還比較困難。如果要打個比方的話，那模樣看起來就像是在沒有說明書與完成圖的情況下，勉強隨便組裝模型之後的樣子。真不知道該說是拼湊還是縫補……各個部分是血管或是肌肉纖維縫合在一起——其他還有讓血液凝固當漿糊使用、用剝落的皮膚包裹、用肋骨當夾板，或是用連根拔起的臼齒當成釘子固定，雖然整個造型不成樣子，但仍然固定得很牢固，避免整個身體又再散架。雙刀『白兔』與『三月兔』也成為人體的一部分組合在上頭。他似乎把刀用小腸綁在形狀已經無法提刀的雙臂——雖然其中一隻其實是腳——當作拐杖使用，一路走到這裡來的。（這已經連『行屍走肉』都不算了——根本就是怪物。）雖然失自認從過去到現在在戰場上看過各種慘不忍睹的屍體，可是已經看習慣屍體的他卻第一次想要把目光移開。他也明白『卯』這種行為的道理——這種行為原理也能夠解釋得通。『巳』具有『地之善導』這種特殊的戰鬥技巧，而『辰』能夠用『天之抑留』在天上飛行，可是『卯』固然不能在天上飛，在地上爬行移動也不是他該做的事情。就『卯』的角度來看，他應該是判斷與其用零碎的身軀追殺失，還是把自己的身體組合起來，用一般走路的方式追擊比較快。雖說是一般，他那行走遲緩的模樣看起來一點都不一般——不過『卯』那副如同具體呈現出詭異兩個字的模樣卻給失帶來一線光明。（是嗎……當時被他掐住脖子的印象太過強烈，還以為分屍屍體戰鬥力很強，可是根據屍體的戰鬥方式來看，用支離破碎的身軀打鬥也不見得絕對有利……那麼用我的軍刀『牛蒡劍』把他支解成細碎的配件也能有效打擊他嗎？）可是這樣同時也只是重蹈覆轍——能爭取時間，但還是沒能給予有力的一擊。（雖然這麼說很不客氣——我可不能老是只陪著這個男人鬥下去。）對失來說，『卯』本來是早就已經打倒的敵人——也就是說現在十二大戰還在進行，如何能一直把心力耗費在『卯』一個人身上。

就這方面來說，不管失是天才還是凡夫、也無論他這名戰士是不是總能做出最正確的選擇，都必須說他手中的情報稍嫌不足。既然他沒有『鷹覷鶻望』或是類似的技能，自然無法綜觀整個戰場，看不清其他戰士現在是什麼情況——也就是看不清十二大戰現在的局勢。他不知道幾乎所有戰士都已經落敗，除了他之外，存活者只剩下一個人——他只知道『寅』、『辰』、『巳』、『酉』、『亥』這六個人已經戰敗——真要說的話，因為『酉』手中有一顆寶石，可以知道她已經把某人打倒。另外還有能從『寅』的言行勉強推測出『未』已經被淘汰而已。除了他確定已經死亡的戰士之外，其他人應該不至於全部都還活著。可是就算這樣，他也沒理由在這裡徒耗心力。（這樣的話⋯⋯那就再把他大卸八塊，趁他又想要組合起來的時候想辦法找到汽油吧。）老實說要剁碎他實在有點噁心——對現在模樣如此低級糟糕的『卯』動刀，感覺只是胡亂破壞屍體而已，實在讓他有些動不了手，可是看起來似乎沒有其他方法堪用了。所幸雖然現在硬是組成人體形狀的『卯』比用爬的方式更早趕上失，他的行動還是不算敏捷，每個動作也比較容易判斷。而且就算肢體已經固定起來，但他身上多得是連結縫隙可以刺，只要刺進去的話，不用花多大的工夫，『卯』的身體就會因為本身的重量而自行肢解吧。（可是——變成這副模樣還想實現的願望究竟是什麼？）就在失這麼心想的當下，拼湊而成的怪物還在拖著腳步慢慢逼近到他的眼前，然後猛然舉起當作拐杖使用的利刃。（他現在這模樣，攻擊腦部或是心臟這些要害應該想必也沒多大作用——）因此失出刀只是為了要把『卯』的肢體型態分解。『卯』高舉起來的雙刀『白兔』與『三月兔』還沒來得及揮下，天才戰士的軍刀已經合計砍了怪物六刀。失出刀砍了頭部、砍了四肢，最後就在他在身軀上斜劈一刀之後——

一具屍體從他砍破的屍體當中蹦了出來。

「啊……!?」簡直就像是嚇人箱一樣。躲藏在『卯』組合得七零八落當中，如彈簧玩具般朝失撲過來的——竟然是『申』戰士砂粒的屍體。就在失被稀世英雄最後的下場——一具屍體給緊緊抱住，以一身怪力按倒在地上的同時，他心中暗想（原來妳已經被殺了嗎，『申』——）同時了解到自己犯下了無可挽救的失誤。他的失誤不是沒料到這位和平主義者死在『卯』的手中，淪為被人操控的遺體。站在失的立場，這件消息他根本無從得知——可是他應該可以推測出在那個由屍體殘塊組合起來的怪物裡面，可能還藏有其他某人的屍體。已經支離破碎的屍體像模型一樣組合起來，形成人的形狀——光是這件事就已經讓失感到非常驚悚，沒有再多想下去。可是既然每個殘塊也是用屍體的一部分銜接起來的，最後形成的模樣竟然還與『卯』戰士原本的身形大小差不多，於理當然不合。要是他能夠想到那個怪物就像紙糊人偶般是中空的，裡面說不定有東西填補不足體積的話——就算不知道躲在裡面的是『申』，或許也能推測出裡面裝著『造屍者』操縱的其他屍首也說不定。『卯』把『申』裹在裡面當然不是單純像算加法一樣，用一個女孩子的屍身去填補不足體積，她反而才是真正的殺著。『卯』就像是一個『嚇人箱』，就是要給失來個出其不意，趁他企圖想要把自己再度肢解、毫無防備接近過來的時候給予打擊——結果失何止出其不意著了道，他作夢也沒想到屍體裡面還塞著一具屍體——真是的，只能說真的疏忽了。要是他沒有因為太過驚悚而逃避，繼續思考的話——（不……就算我真能猜得出來，只要那具屍體是『申』，就結果來看還是相去無幾……）失被一股令人難以置信的蠻力按在地上，身子完全動彈不得。這副嬌小到能夠藏在屍體裡面的身軀究竟哪來這麼大的臂力。就算變成屍體後能力不再受限，失總算徹底了解到這個和平主義者生前究竟是如何壓抑自己的潛在能力、如何自制。（就在我帶著『寅』躲避……拉開雙方距離的時候，『卯』把『申』的遺體叫來，也讓她協助拼湊分屍遺體嗎……我還在想就算是亂湊一通，看起來也未免太像怪物了。結果都是因為他真正的目的不是組裝成人體，而是要做出能夠躲藏一個人的結構——就像古代的人用猛瑪象的屍體蓋成住家那樣……是嗎？）失雖然能夠這樣一派冷靜地分析前因後果，但這不是因為天才戰士還游刃有餘。也不是因為他還有機會逆轉情勢，試圖冷靜理解現狀——正因為他是天才、『趕盡殺絕的天才』，所以不得不領悟到現在的情況完全已經無法回天。手中的軍刀也被『申』抓住的時候不曉得撞到哪裡去了──『申』的屍體雖然身材嬌小，可是卻把失牢牢地固定在地面上。失的手腳關節沒有被扭住，也沒有被緊扣著，單純只是被蠻力按著──只要『申』一動念，她的力氣甚至可以直接把失的手腳壓斷。她之所以沒這麼做──『申』之所以沒有傷害失，當然不是像生前的她那樣秉持和平主義，而是因為這場戰鬥的勝負早就已經揭曉了。在失的視線範圍內可以看見『卯』的屍體又慢慢拼湊起來──看起來好像很費時，可是既然『獵物』已經就擒，多的是時間可以給他慢慢來。(沒錯──『卯』不要讓『申』殺我，而是要自己動手──在盡可能不傷害我的狀態下，把我的屍體納為他的眷屬。)『寅』之前最害怕的事情現在就要發生在失身上了。他會像『亥』、『辰』、『巳』、『申』一樣變成『行屍走肉』……或者變成像『卯』這樣的奇形怪物，沒有意識、沒有志願也沒有理念主張，只是服從命令永遠戰鬥下去──(……要說和現在大同小異的話，的確沒什麼差別。差別就只是這名只會戰鬥的小卒是活人還是死人而已。可是──我不能接受自己再也無法行正道。)①下定決心要行正道。②動手去行正道。這是失過去對少女說過的話。想到自己現在是什麼德行，這句話說得還真是響亮。(此時此刻我所能行的正道──只有自己給自己做個了斷而已嗎？只有決定要做──然後去做而已嗎？)就算四肢都被蠻力緊緊扣著，但他還是可以咬舌。失原本以為自己絕不會像『卯』先前那樣自盡，可是事到如今──「嗚啊！」『申』的屍首敏銳地察覺到失這番決心──不，應該是這番迷惘，用額頭往他的下顎用力撞過來，使了一記頭槌——只是這樣就斷了失自殺的機會，只是這樣用頭槌一撞，『申』就把失的牙齒大致都全部撞斷了。沒有牙齒就無法咬舌。不，就算她沒這麼做，失是不是當真能夠咬舌自盡也很難說——總之『申』用最小程度的動作給予失最小程度的傷害。（要是變成不會說話的死屍，就算沒牙齒也沒差了吧——反正我這個人又不是靠咬嚙當武器，只是看起來不好看而已。）失感覺口中滿是鐵的味道。（到頭來，或許打從『申』的遺體落到『卯』的手中那時候起，這次十二大戰的局勢就大致底定了——）他心想。（不曉得現在還有多少戰士存活……憑『戌』或是『未』的實力，感覺已經沒辦法改變什麼了……還有就是——）還有誰？十二名戰士應該還有一個人才對。嘴裡的痛楚打亂了失的思緒。沒錯，他記得是——

「『子』戰士——『群殺』寢住。」

沒錯——就是鼠。「…………」失聽見那抹聲音，默默地只把頭轉過去。眼前站著的就是那個年輕到一點都不像是戰士，在起點從頭到尾始終一臉睡眼惺忪的少年，臉上仍然一副半夢半醒的表情。不，說到年輕，年僅五歲就上戰場的失也沒什麼立場嫌別人年輕——可是為什麼他現在會出現在這裡？失在整場十二大戰當中一直察覺不到這個少年的存在，為什麼會在這種情況下登場？現在這樣的局面下，他不可能有什麼作為。根本就像是闖進猛獸群裡的小老鼠一般，甚至有些滑稽可笑——又讓人笑不出來。他出現的時間點彷彿來拯救身陷絕命危機的失，但這是不可能的。因為除了那個女醉鬼之外，這世上再也找不到第二個大笨蛋會想來拯救他這位天才戰士。「應該勉強趕上了吧……真是的，沒想到找『未』的屍體會這麼麻煩……不過正確來說，我要找的其實是這個。」說完，少年拿出來的是『未』戰士必爺帶來當作武器，就連『申』都畏懼三分的投擲手榴彈『ＬＫＫ』。

2

雖然進度緩慢，可是『卯』的屍體確實一點一點地拼湊成形——可是既然在屍體的形體完成之前無法中斷拼湊，這也代表此時他無法做其他動作。『申』則是把失牢牢按住——因為她的責任就是要把失固定在地上，同時代表自己也無法移動。雖然少年口稱『勉強趕上』，可是實際上就只有現在是最好的時機。就是現在，此時此刻。這不只是千載難逢，根本是空前絕後。要是錯失現在這時候，之後再也沒有機會可以把『卯』與『申』的屍體一網打盡。這個『一網打盡』當中也包括失在內——不過他已經決心一死了。失不知道『子』戰士的人格個性，也不知道他怎麼會出現在這裡。就算他是世界最壞的大壞蛋，或是一直偷偷摸摸等待機會、手段苟且的卑鄙小人，失都不管了。重要的是他手中持有手榴彈這種爆裂物，正適合用來對付屍體。「我不知道這樣講能不能讓你心裡好過點——」少年說道：「就是因為那位已經死掉的『寅』大姐姐把『未』老爺爺打敗，所以我才能像現在這樣把這些手榴彈拿到這裡來……所以接下來要發生的事情都要歸功於你的夥伴。包括這件事情，你有什麼遺言要說的嗎？」「沒有，動手吧。」失立刻這麼說道。即便這個少年是天字第一號大壞蛋、手段無恥的卑鄙人物，但至少肯定比縱放『卯』胡作非為——任他成為十二大戰最後的優勝者、讓他拿走十二大戰的優勝資格來得好。『卯』的屍體帶著『申』與『丑』的屍體橫掃全世界的戰場，然後製造出更多死屍。這世上不可能有比這更糟糕的未來了。他決定要行正道，然後付諸實行——就像剛才他親手殺死的『寅』戰士一樣。「對我來說，這就是正確的道路——你就去做你認為正確的事吧，少年。」說完之後，失閉上眼睛。

「我是『丑』戰士——『為殺而殺』失井。」

聽到失最後為了依循規矩而自報名號，『子』少年沉默了一會兒之後把手中所有手榴彈全都朝這裡滾過來，然後迅速跑得遠遠的——這小子逃跑的速度還真是快，怪不得能夠活到這時候——（老鼠嗎……這麼說來，老鼠好像就是坐在牛的頭上，最後才搶先得到十二生肖第一位的動物——）失是不是也像傳說一樣被那個少年利用了呢？就算是也無所謂。那少年剛才說的安慰話其實頗為牽強，可是卻讓失聽了覺得非常放心，連他自己都感到很訝異——十二大戰的冠軍算什麼，讓給他也無妨。（不曉得那孩子會許什麼願望……不過我總覺得有一種感覺，好像在哪裡見過他。）

轟然一陣大爆炸。

前武器商人之前在觀景室說過的話沒有任何誇大或虛偽，這些手榴彈一隻手就能拿在手上，完全看不出來有如斯威力。『申』與『卯』的屍體以及『丑』的身體當然不用說，巨大的爆炸火焰不只把躺在附近的『寅』的遺體炸毀，幾乎連周遭一帶都炸得面目全非——之後剩下的就只有他們各自保有的十一顆黑黝黝的寶石，加上又逃進地下道裡的『子』少年手中那一顆，總計十二顆寶石。第十二屆十二大戰就此落幕。

（○子——●丑）

（第十一戰——終）

最終戰

大山鳴動鼠一隻

本名‧墨野繼義，三月三日出生。身高一百七十公分，體重五十五公斤。他是一名戰士，同時也是正在讀書的高中生。身為戰士，他最與眾不同的特徵就是能夠干涉機率世界的能力『百點滑鼠』。他可以同時執行一百種不同的選擇。簡單來說，就是猜拳的時候可以同時出『剪刀』、『石頭』和『布』。而且執行之後還可以讓任一選擇成為現實。要是選擇出『石頭』的話，『剪刀』與『布』就會等於不存在。比較類似的解釋就是他能夠預知一百種未來，然後挑選其中一種。但最大的不同就是這些選擇式的預言全都是關於他自己的自我預言，而且也是實際經歷過的體驗。這種特權可以讓他同時把流程圖上的一百個分歧點全都試過一遍，然後選擇自己認為最適當的路徑。這麼一說，聽起來好像有點作弊，可是實際上就算實際經歷過一百個選擇，大致上都會走到類似的路徑。而且同時體會一百種經歷也會對精神造成很大的負擔——簡單來說就是會很想睡。關於那些消失的分歧點，不會在他以外的人腦中留下記憶（偶爾會留一點下來），可是他自己也沒辦法把一百種經歷全都記得一清二楚。而且還有一個缺點，那就是體會失敗的經歷也會變成一百倍。自從同時用一百種方式向自己心儀的女孩告白，結果全都碰了一鼻子灰之後（那時候他見識到了同時被甩一百次，受到一百次心傷的地獄），他本人認為這種特技基本上只有猜拳的時候有用。可是他之所以年紀輕輕就被遴選為十二戰士之一，也是因為具有相當於一百倍的實戰經驗，為此受到很高的評價。在他設定的一百種分歧點當中，沒有任何一條路線可以躲掉十二大戰。他從經驗法則學到『根本沒有所謂正確的道路』、『這世上只有事實，沒有正確答案』，個性變得對一切都看得很淡，可是唯有在吃起司的時候會覺得很興奮。沒有任何起司的味道是一樣的耶。

1

「恭喜，戰士寢住。第十二屆十二大戰的優勝者就是您了。Everybody clap your hand！」十二大戰的裁判杜碟凱普說道之後，拍手拍得震天價響。可是現場當然沒有『Everybody』附和他——不，現在和開幕典禮的時候不一樣，不是沒有一個人想鼓掌，而是根本沒有人了。這裡好像是一間接待室，雖然和開始那時候是同一棟大樓，卻是另一個樓層，空間比觀景室更小得多，而且布置更單調乏味。腦袋昏沉沉的『子』戰士寢住就在這裡聽著那頭戴絲帽的老人說話。「解毒程序已經完成，請您不用擔心。解毒之後的寶石會直接在體內融化消失。」「那就好……我可以回去了嗎？」「不不，還請您再稍坐一下……呵呵，畢竟您贏得太精彩了。為了留下紀錄給後人，想請您接受訪問，讓我問幾個問題。」（訪問啊……反正就像是盤問一樣吧。）住按著昏昏欲睡的頭，心裡這麼想——他用『百點滑鼠』的干涉能力嘗試同時選擇一百種『拒絕』的選項，可是全部都沒成功，一百種經歷當中還被殺了四十次——看來這時候只能乖乖給他採訪了。（也罷，和一百次當中有九十九次都會死的大戰比起來，百分之六十的生存率根本不需要擔心……）他一邊想，一邊從活著的經歷當中挑選能夠與眼前這老人保持良好氣氛的分歧點成為現實，用調整機率的方式確定。「那你想問什麼？」「首先想請您用解說的方式告訴我您在大戰中所做的行為，戰士寢住。畢竟從外界的眼光來看，雖然可以觀察您的行為舉動，可是無論用任何方式都沒辦法進行分析評判……說什麼都需要您的確認。這一點還請您多多海涵。」住採取兩種行動，一種是對杜碟凱普這種故作殷勤的態度非常不爽，出手就打——另外一種則是老實回答「我也沒做什麼大不了的事」。在前面那個行動的分歧路線當中，他會遭到反擊當場死亡，甚至根本不知道杜碟凱普對他做了什麼。所以他當然選擇讓老實回答的那個分歧成為『現實』。「我就只是像往常一樣，用平常的方法同時執行一百種戰術。就是用干涉能力『百點滑鼠』。其中的一項偶然很湊巧的能夠讓我獲勝，單純只是運氣好而已。」「原來如此，原來如此。」不曉得為什麼，杜碟凱普露出很欣喜的笑容。「無論是英雄、天才還是屍體，不管再怎麼優秀的戰士一次只能選擇做一個行動。無論決定要做什麼、實際做什麼，都不能一邊向右然後又一邊向左——可是戰士寢住，您可以同時向右又向左——干涉能力『百點滑鼠』。這次的十二大戰雖然有形形色色的特例人物，可是最後還是您獲得壓倒性的勝利啊。」（你講得倒簡單）住這麼心想。在此同時，他也把「你講得倒簡單」這句話說出口。兩種情況都不會發生什麼事，所以他選擇把藏在內心想的分歧當成現實。（你知道執行一百種戰術有多累嗎——我現在可是睏得要死。）愛睏對他來說不光只是慾望，而是一種腦力逐漸消耗的感覺——因為分分秒秒不斷思考，結果就是意識程度不斷降低。總之他很想盡快回去，快點回去睡覺。他心想如果要早點回家，是不是要表現得更配合一點比較好，試著探一探要配合到什麼程度才行——於是用十等第的合作態度和杜碟凱普繼續說下去。「這就像是薛丁格的貓一樣。箱子裡的貓活著，同時也是死的——如果是您的話，則是薛丁格的老鼠吧……這麼一提，傳說十二生肖當中之所以沒有貓，是因為貓被老鼠給欺騙了。」杜碟凱普提起無關緊要的閒事，大概是打著主意想讓住的口風更加鬆懈。「所以說這次不只是貓，您連其他十一種動物都全部超越了是嗎？」「……我不認為十二生肖裡沒有貓。因為老虎就類似是貓不是嗎？」「的確沒錯。」杜碟凱普點點頭，好像也認同住的糾正。同時住也想起了『寅』——在現在這個分歧路徑上，住和她完全沒有任何接觸，可是之前他同時執行的行動當中也有和『寅』同心協力一起作戰的分歧路徑。（貓與鼠的搭檔雖然還不賴……不過還是丑寅配強如鬼神吧。就好比丑寅方位是鬼門，他們真的是強得像鬼一樣。到頭來我就好像是搭了丑寅搭檔那兩個人的順風車一樣……丑寅搭檔本身當然自不用說了……）「……我攪盡原本就不太聰明的腦袋想了一百種戰術，可是能夠獲勝的分歧還是只有這一條路而已——就連這條路也不是因為我的戰術才取勝，而是要歸功於砂粒。」「喔？」在住嘗試過的幾種說法當中，這是最能吸印杜碟凱普的一種，所以他便採用了這套說法。現在這段盤問好似如履薄冰一般，住心想：「看來我的戰鬥似乎還沒結束。」可是這樣想會讓他心情沉重，所以住還是決定挑選另一個分歧當作現實，別去在意這種用膝蓋想也知道的事情了。「她在地底的下水道裡告訴我，說她從『酉』姐姐的口中聽到關於『造屍者』的事情……那個崇尚和平主意的人拜託我，說萬一她死後被『造屍者』控制的話，要我殺了她。」「…………」杜碟凱普沉默不語，臉上的笑容笑得更開了——不管是哪種分歧，他都是這種表情。不過住能選擇的行動有限，常常有時候不管怎麼行動，結果都一樣——就像住為了參加十二大戰所執行的一百種戰術當中，有九十九種最後都是死亡收場一樣。雖然杜碟凱普稱讚不已，可是這種干涉能力基本上只是讓住體會到自己是多麼軟弱無力而已。他為了活這麼一次而死了九十九次——如果是這樣的話，聽起來還像是反覆嘗試錯誤，感覺住好像努力又堅忍不拔似的。可是實際上比較接近事實的情況是一百個住當中有九十九個都死了。因為干涉能力會讓分歧路徑消失，所以自己戰死的事實只存在於住的內心當中——一百個人當中有九十九個人死亡，這算哪門子勝利？根本就是慘敗——所以住一點都不認為自己在這次的十二大戰中獲得勝利，毫無獲勝的感慨。因為其他人只死一次，而住則是死了九十九次。（……再說，你能想像一個世界不能找藉口說『早知道就那樣做』、『其實應該那樣做』嗎？所能想到的每件事情大都做過，但最終結果只是讓你知道一切都是徒勞無功——我從不認為這世上有哪件事是『正確的』，就像這次……）「那時候我拒絕了她的要求——因為我在同時進行的分歧道路中不得不和她交手的時候已經徹底了解到砂粒的厲害。可是她告訴我說，『未』老爺爺在講解規則的時候說過要使用的『強大爆裂物』對屍體也派得上用場。她這麼說——不管那個爆裂物是什麼東西，在我活著的時候雖然傷不了我，但要是我死了的話——」事實上她說的也的確沒錯。雖然住對『丑』說能夠打倒『卯』都要歸功於『寅』。可是他能同時消滅『申』的屍體則是『申』自己的功勞。不過要不是『丑』乖乖讓她按在地上，使她無法動彈的話，住扔出去的手榴彈也只會錯失目標而已。（雖然砂粒說不知道大戰開始之後就想要攻擊所有人的是誰——這也只是因為沒有證據，不願意空口說白話而已。她應該已經想到那個人就是『未』了吧。）「所以我想的什麼戰略全都落空了。剛才不是說了嗎？我的勝利只是因為偶然。只是因為在這個分歧路線裡，大會的局勢演變正好對我有利而已。」「您真是客氣。我認為您在分分秒秒詭譎多變的戰局裡應變自如。或許是因為您總是在選擇一百種分歧路徑，所以才能迅速應對——」「……順便一提，不管在哪一條分歧路徑，最後都不知道砂粒心裡想的和平方案究竟是什麼。」或許就像他在金庫裡和『午』對話時所說的那樣，砂粒說的果真只是唬人的？「嗯哼哼。那可不，她所說的方案不見得只是唬人而已——舉個例子來說，如果那個崇尚和平的人知道十二大戰檯面下的內情——」在一百種分歧路徑當中，只有三種選擇當中杜碟凱普會這樣別有深意地透露這句話。「她可能不是打算直接利用勝利後能夠得到的『唯一一個願望』，而是想要和主辦單位交涉吧——她畢竟是救國英雄，與不同的國家都有很深厚的關係。如果是她的話，或許就能夠和那些人士坐上談判桌，用同等的地位以國家為籌碼進行交易也說不定。」（……以國家為籌碼？那些人士？）佐不曉得杜碟凱普在說什麼，就算他手中掌握的分歧再多，終究只不過是一隻老鼠，當然無從得知十二大戰的內情——他既沒有像『鷹覷鶻望』那樣的情報偵蒐能力，百倍的戰鬥經驗也還比不上那些身經百戰的老練戰士——更別提和英雄相提並論了。（這種干涉能力頂多只能用來四處逃竄而已——要是我因此變得沒感覺了，那才真是沒救了。）他這樣的想法心裡沒有一絲感傷。這麼說來，之前『午』一直很懷疑，為什麼佐會出現在已經架設了障礙物的金庫裡面。其實說穿了根本沒什麼，那也只是應用了干涉能力『百點滑鼠』而已。『午』自己堆起這些障礙物，自己也知道，不管障礙物再牢靠，終究只是急就章蓋起來的，不可能完全滴水不漏——只是要花時間去找而已。所以佐用一百種方式調查金庫裡堆積起來的瓦礫堆，用一百種做法尋找可乘之機——簡單來說他找了一百個人探查，才找到了『午』犯下的小問題。（找空隙可是老鼠的看家本領……事實上在一百種方法之中，就有大約十種發現足夠讓我一個人鑽過去的縫隙。）雖然這種小伎倆只能期待他人犯下人為疏失，實際上作用不大。但是當佐在躲避『巳』與『申』的屍首追殺時，多多少少還是派上用場。

「如果她不是在唬人，那很遺憾，代表我沒有資格參與她的和平方案……也只能祈禱她的和平方案是在我死後實現，有這種路徑存在了。她說過準備了好幾種方案，我會衷心祈禱有哪條路徑當中，這些方案能夠全部實現。」可是就算再用力祈禱，那些路徑也已經被他親手消滅了。就這層意義上來看，如果『申』是『救人最多的戰士』，那麼佐就是『殺人最多的戰士』了——或者該說他是『殺死最多世界的戰士』嗎。「嗯哼哼。和平方案固然令人好奇，其他您沒能獲得優勝的九十九條分歧路徑當中，又各自是誰獲得最後的勝利呢？」關於這一點，住也頗有興趣，可惜的是自己無法獲勝的分歧全都等於自己中途被淘汰出局，所以也不知道之後的戰況如何演變。和平方案實現的分歧實際上究竟是否存在也很難說。（至少沒有一條路徑是包括我在內，所以人齊心協力全都活下來的——如果我最初做出不同的選擇，可能會有吧。）如果光從過去的戰況來判斷，可能大多數路徑最後都是由『卯』獲得勝利……其次應該是『丑』或是『寅』吧。住認為『戌』或是『未』那種犯規手法真正發揮作用的案例實際上應該不多……難道規規矩矩打一場才是最好的方法嗎？不過戰鬥方法最不規矩的人可能就是住自己了。「……我想起來了，在一百個分歧當中，也有我和『卯』締結互惠關係的情況存在。就是我鼓起勇氣向他攀談，結果出乎意料，我們彼此還挺臭氣相投的情況……不過最後因為我的失誤，我們兩個都死在『午』的手裡。」雖然最後失敗收場，可是住認為那也算是很難得的經驗。雖然他沒辦法把一百種經歷全都記住，但是關於和『卯』合作的經歷倒是留下很深刻的印象。「也不光是『卯』而已……除了砂粒之外，其他人都不是什麼像樣的人物……可是聊過之後卻還滿談得來的，真把人給弄糊塗了。我就像老鼠一般跑來跑去，到處打聽每個人打算要許什麼願望，結果該怎麼說呢……願意說的人許的都是一些該說是普普通通，或是平凡無奇，很低調的願望……」「是這樣嗎？」杜碟凱普說道。住赫然回過神來，他有一種完全被對方套出話來的感覺──那些已經消失的分歧路徑其實不應該說給別人聽的。對住而言，這是一大失策。但是對杜碟凱普來說卻是一大收穫吧。住原本考慮是不是也讓這段分歧消失，可是其他同時間正在進行的他與杜碟凱普之間的對話，無論過程如何，最終還是會被他給套出話來──這就是干涉能力的極限所在。

（而且疲倦也已經差不多到極限了……）杜碟凱普似乎也看穿了住的心思，說道：「非常謝謝您，優勝者訪談就到此為止──我們會當作十二年之後舉辦大賽的參考資料。請您回去好好休息吧。關於優勝獎品『唯一的願望』，請您決定內容之後隨時與我聯絡。」

說完之後，他深深一鞠躬。「既然您說其他參賽者的願望都很低調，我個人是很期待知道戰士寢住究竟想要完成什麼宏大的願望。」「這個嘛……反正也不急著馬上就要決定，就讓我好好想一想吧。」住大搖大擺地站起身來。雖說不是因為受到什麼莫名其妙的壓力，但要是他現在許願的話，說不定會說出不管三七二十一，先讓他睡一覺這種願望──雖然住不打算在這樣一場大戰中尋找什麼意義，但他可不希望這種事情發生。

「總之等我考慮過一百個願望之後，再來請你們幫忙實現。」

2

接著第二天，少年走向與戰場世界完全相比鄰的學校，一邊同時過著一百人份的人生，然後一邊思考——他要想想那唯一一個無論如何都想實現的願望，還有九十九個實現不了也無所謂的願望。

（十二大戰——終）

後記

當我發現自己對十二生肖的由來不是很清楚的時候，心裡頗有毛骨悚然的感覺。一部分固然是對自己的愚昧無知感到毛骨悚然，另一個讓我害怕的原因則是自己對這種不太清楚的事情也沒深究，就這樣懵懵懂懂地每年一到正月就說什麼慶賀蛇年、豬年之類的。不只是十二生肖，還有星座也一樣，索性連血型也算進去吧。這些事情我都不是了解得很透徹，卻用一種『因為這似乎是社會上很普及的風俗習慣』的感覺，把這些事情視為一般常識看待。可是仔細一想，這世上哪有這種不合常理的事，想清楚之後便覺得這種想法好像非常可怕。反過來說，或許也可以解釋成就算我對大多數的事情都只有一知半解還是可以應付過關。這該稱為知識與常識的落差嗎？或者是兩者的相容性呢？人們對於十二生肖的認知也一樣，最原始的認知與現在的認知可能完全不一樣，但就算不一樣，實際上也不會有什麼問題——即便眼前看到的景色不同，只要沒有兩者相互比較，不同之處可能還不是那麼明顯也說不定？既然這樣的話，嘗試創作一個原創的十二生肖好像滿有意思的，不過這樣故事情節可能就會天差地遠了。只是無論十二生肖的故事原本是誰創作出來的，會把老鼠擺在第一棒，我覺得這種想法也算滿別出心裁了。

總之本書就是關於十二個肩負著十二生肖之名的戰士的故事。故事架構完成之前有許許多多很複雜的前因後果，這些關於背景的部分就放下不提，基本上這本書就是一直描寫一群戰士在原因不明，或者根本沒有原因的情況下，因為『故事設定就是這樣』所以打在一起。我想任誰都曾經思考過『如果只能實現一個願望的話該怎麼辦』這個問題，結果這時候真正問的或許不是『想要什麼』，而是『自己缺少什麼』。想要得到自己沒有的東西難道就是人心的罪孽嗎？有些東西在已經擁有的人眼中沒有價值，可是沒有的人卻趨之若鶩，也可以說需求與供給就是因此而來的。但要是有十二個人這麼多的話，感覺用物物交換的方法好像也能解決各人的問題。不曉得這群人要如何才能走到像這樣的結局呢？就像這樣，請問各位的願望又是什麼？獻給您《十二大戰》。

話說回來，本書的後續故事收錄在一本叫做《大斬》的漫畫當中。雖然是後續故事，不過實際上是這部分的劇情先完成，請各位讀者務必去看看。那時候就是看到擔任作畫的中村老師筆下那些魅力十足的角色設計，才讓我想到小說版的故事。實在讓我重新體會到所謂插畫的力量究竟有多強了。其實這本書就像是我為了請中村老師畫封面才寫出來的，所以在此要對中村老師以及讓本書得以真正出版的集英社 jBOOKS 編輯部致上深深的謝意。Everybody clap your hands！

西尾維新

嬉文化

十二大戰

（原名：十二大戰）

作者／西尾維新　插畫／中村光　譯者／hundreder
執行長／陳君平　榮譽發行人／黃鎮隆
協理／洪琇菁　國際版權／高子甯、賴瑜妗
執行編輯／石書豪　美術主編／李政儀

出版／城邦文化事業股份有限公司 尖端出版
臺北市南港區昆陽街十六號八樓
電話：（〇二）二五〇〇七六〇〇　傳真：（〇二）二五〇〇二六八三
E-mail：7novels@mail2.spp.com.tw

發行／英屬蓋曼群島商家庭傳媒股份有限公司城邦分公司　尖端出版
臺北市南港區昆陽街十六號八樓
電話：（〇二）二五〇〇—七六〇〇（代表號）
傳真：（〇二）二五〇〇—一九七九

中部以北經銷／楨彥有限公司（含宜花東）
電話：（〇二）八九一九—三三六九
傳真：（〇二）八九一四—五五二四

雲嘉經銷／智豐圖書股份有限公司　嘉義公司
電話：（〇五）二三三—三八五二
傳真：（〇五）二三三—三八六三

南部經銷／智豐圖書股份有限公司　高雄公司
電話：（〇七）三七三—〇〇七九
傳真：（〇七）三七三—〇〇八七

一代匯集／香港九龍旺角塘尾道六十四號龍駒企業大廈十樓B&D室
電話：（八五二）二七八三—八一〇二
傳真：（八五二）二七八二—一五二九

馬新經銷／城邦（馬新）出版集團　Cite(M)Sdn.Bhd.
E-mail：Cite@cite.com.my

法律顧問／王子文律師　元禾法律事務所
台北市羅斯福路三段三十七號十五樓

二〇一七年六月一版一刷
二〇二四年七月一版三刷

■中文版■

郵購注意事項：
1. 填妥劃撥單資料：帳號：50003021戶名：英屬蓋曼群島商家庭傳媒(股)公司城邦分公司。2. 通信欄內註明訂購書名與冊數。3. 劃撥金額低於500元，請加附掛號郵資50元。如劃撥日起 10～14日，仍未收到書時，請洽劃撥組。劃撥專線TEL：(03) 312-4212 ・ FAX：(03) 322-4621。E-mail：marketing@spp.com.tw

國家圖書館出版品預行編目資料

十二大戰 / 西尾維新 著 ; hundreder譯 . --初版.
--臺北市：尖端出版, 2017.6
面 ; 公分.--(嬉文化)
譯自: **十二大戦**
ISBN 978-957-10-7457-3(平裝)

861.57 106005599